CLAIRE
GALLOIS

Une fille cousue de fil blanc

roman

Bernard Grasset
Paris

ISBN 978-2-246-74591-4
ISSN 0756-7170

Claire Gallois/Une fille cousue de fil blanc

Claire Gallois est née le 8 octobre 1937, à Paris, très prématurée. On lui administre l'extrême-onction... Jamais elle ne se sentira aimée ni fêtée dans cette famille de grands bourgeois, ultra-conventionnelle, qui est la sienne. A 9 ans, elle exige d'aller en pension et refusera toutes les permissions de sortie. A 16 ans, elle est inscrite aux championnats du monde de durée en vol à voile. Sa mère s'y oppose. La majorité est alors à 21 ans. Pour la conquérir, elle se mariera... pour huit jours. Scandale. Sa mère l'enferme à clé dans sa chambre. Survient alors le Chevalier Blanc, un vieux de 23 ans, qui force la porte et l'emmène chez sa propre mère, norvégienne. Départ pour la Norvège, dans un chalet perdu au fond des neiges, et remariage pour cause de grande reconnaissance envers son sauveur. Au bout de 3 ans, retour en France avec le nouvel époux. Elle commence alors à écrire, et cache le manuscrit sous son matelas, persuadée qu'il est nul. Celui-ci terminé, elle le dépose à tout hasard chez un éditeur trouvé dans l'annuaire, qui le publie aussitôt. Signe, pour elle, que la liberté est dans l'écriture, elle divorce à nouveau. Pas de bac, pas d'études, pas d'argent. Deux ou trois ans de vaches maigres dans une chambre de bonne face à la Rotonde du Parc Monceau. Personne ne soupçonne sa précarité. Elle se nourrit de pain et de Ricoré, et met du carton dans ses chaussures aux semelles percées quand il pleut. Son luxe? Acheter Le Monde *tous les jours. Premier voyage initiatique sur les routes qui se terminera avec le tremblement de terre de Skopje. Plus tard, elle parviendra jusqu'à Katmandou, bien avant que le moindre hippie vienne y fumer son premier joint.*

Son premier roman, A mon seul désir, *paraît en 1965, il obtient le Prix de la Vocation. Avec cet argent, elle s'offre la plus somptueuse paire d'escarpins chez Jourdan... Elle entre comme rédactrice chez Publicis, paraît* Des roses plein les bras, *puis en 1969,* Une fille cousue de fil blanc. *Grand succès immédiat à Paris comme à Londres et sécurité à la clé. En 1972, naissance de son fils, et « vrai mariage » comme elle le dira. Elle arrête toutes les errances et travaillera désormais pour la presse : journaux, télévision, radio. Critique littéraire à* Marie-Claire, Elle, Marie-France, Le Figaro, Match. *Conseiller littéraire aux éditions du Seuil, Grasset, Albin Michel, Denoël. « Je dois beaucoup au milieu littéraire, il m'a tout apporté : un nom, une reconnaissance, un avenir. » Membre du jury du Prix Femina depuis 1986. Elle a toujours collectionné les dictionnaires et ne peut pas se passer de la présence d'un chat. Elle a fermé son épinette, « parce que ce que je joue n'est jamais aussi beau que ce que je voudrais entendre ». Elle entretient toute seule un grand jardin à la campagne.*

Son œuvre est variée, rieuse, agressive, émue. Ses personnages affrontent le plus souvent le temps qui passe, le bonheur et le malheur d'aimer. Jérémie la nuit, *1976.* La vie n'est pas un roman, *1979.* Le cœur en quatre, *1981.* Et si on parlait d'amour, *1986.* L'homme de peine, *1989.* Les heures dangereuses, *1992.* Trahisons sincères, *1997. Licenciée de son poste de conseiller littéraire chez un éditeur parisien et gratifiée de la Légion d'honneur peu après, elle sort en 1998* L'honneur du chômeur, *recueil de témoignages. Son dernier roman,* L'empreinte des choses cassées, *publié à l'automne 2008, apparaît étrangement comme une suite logique à* Une fille cousue de fil blanc, *par son questionnement autobiographique et sa réflexion sur le temps, les désenchantements et les dysfonctionnements de notre société.*

Déjà, Une fille cousue de fil blanc *est un sujet dur, traité sans concessions, avec une liberté, une gaieté malgré les larmes, une fantaisie qui le protègent de la tristesse et de la pesanteur du deuil. Un dimanche d'été, lors d'une promenade à vélo sur une petite route de campagne, une jeune femme, Claire, est tuée par un automobiliste. Le roman propage aussitôt une onde de choc. Comment la mort devient présence? « J'ai commencé à aimer Claire un dimanche, en juillet. » C'est la petite sœur de Claire qui raconte. Elle vivait en pension et connaissait peu son aînée mais la disparition de cette dernière libère un dialogue, une complicité, un enseignement. « Dépêche-toi de grandir, que je te raconte. » Morte, Claire joue parfaitement son rôle de grande sœur. Encore faut-il savoir l'entendre et déchiffrer ses secrets... Qui sait si cet accident mortel n'est pas une tentative d'évasion pour échapper à un avenir borné par trop de conventions? Qui sait si elle n'a pas eu raison (aux yeux de la petite)? « Ils m'énervent à faire un drame de la mort. » Ce qui est « cousu de fil blanc », dans cette histoire, c'est peut-être le drap dont on enveloppe la jeune morte, mais c'est surtout la vision faussée de la réalité que les adultes tentent d'imposer à la conscience des adolescents. Ici, la mort apprend à vivre à une adolescente. Elle l'affranchit, l'éclaire, la révèle à elle-même.* « Claire est vivante jusqu'au plus oublié de moi-même. »

A la parution du livre, salué par toute la critique, François Nourissier écrivait : « Ecoutez le titre, il contient tout ensemble, par un joli jeu avec les mots, la malice et le linceul, la ruse de la romancière et la mort de son personnage. »

J'ai commencé à aimer Claire un dimanche, en juillet. Depuis, elle vient souvent la nuit près de mon lit. Elle se tient immobile, les bras repliés contre sa poitrine comme si elle avait froid. Quand j'ouvre les yeux, elle me regarde et je vois ses cheveux bais qui lui barrent la figure. Je ne bouge pas. Je sais qu'un jour elle ne reviendra plus. On me l'a dit, et d'ailleurs c'est logique.

Ce dimanche-là, nous étions six à table. Mon père, ma mère, Valérie, Olivier, Charles et moi. Chez mes parents, personne n'a le droit d'élever la voix à table avant d'avoir quinze ans. Ni de manger des frites, ni de boire du vin. Ma mère parlait du mariage de Claire. Valérie lui donnait la réplique avec des yeux méfiants. Elle trouve qu'il n'y a plus rien à dire sur Claire. Je voudrais aimer ma mère autant que Claire l'aimait. J'ai souvent entendu mes sœurs se plaindre d'avoir connu maman, dans leurs années d'enfance, par les seules apparitions qu'elle faisait dans leur chambre, la nuit, quand elle revenait d'un bal (longue et rêveuse ?) dans une robe brillante, avec les perles et les diamants que mon père continue d'enfermer chaque soir dans le coffre-fort de son bureau.

J'aurais connu ma mère à cette époque, elle m'aurait séduite. Si on demande à ma mère la permission de se lever au cours d'un repas, elle répond avec un sourire :

— Si tu tiens vraiment à faire pipi vas-y, mais tu auras une fessée.

Ce dimanche-là, quand on a servi le rôti avec des frites et de la purée à part pour nous, les trois derniers, j'ai eu très envie d'aller au petit coin. Le chien s'est mis à aboyer sous la table où il cuvait son soleil du matin. Le dimanche, le chien a le droit d'assister aux repas sous la table, les autres jours ma mère dit qu'il met des puces sur le tapis. Nous avons entendu le bruit frais, dehors, du gravier écrasé par des pneus de bicyclette. Mon père s'est levé pour écarter les volets des porte-fenêtres. Le vent est entré et nous avons pu voir le cafetier du village essoufflé, congestionné par sa course au soleil. Mon père a pris tout de suite un grand visage rouge – je le vois en rêve une serviette nouée autour du cou – et une voix rouge aussi pour demander ce qui se passait.

Il faut dire que le dimanche la postière ferme sa poste. Ils se sont tous précipités au côté de mon père et j'en ai profité pour filer au petit coin, à l'autre bout du couloir.

C'est là que m'a atteinte ce rire. Un rire comme je n'en avais entendu nulle part. Comme s'ils étaient tous devenus fous. Comme s'ils partageaient une plaisanterie dont l'écho ne finirait plus de les secouer. J'aurais voulu rire moi aussi mais on ne peut pas rattraper un si grand rire. C'est toujours comme ça, vous vous absentez une minute et quelque chose arrive. J'ai couru pour les rejoindre et en rentrant dans la salle à manger je les ai vus agglutinés, accrochés les uns aux autres et ils secouaient la tête et ils se mordaient les jointures ; ils s'étaient bousculés, leurs bras et leurs épaules mêlés. Leurs visages étaient pleins de la lumière du soleil. Ils pleuraient.

— Qu'est-ce qu'il y a ? criai-je pour qu'ils m'entendent, qu'est-ce qui se passe ?

Valérie s'est enfin retournée, cette grande perche toujours dramatique. Elle a dit, du ton qu'elle aurait pris pour me narguer :

— Claire a eu un accident.

Sur les murs devenus sombres, la lumière s'est mise à tournoyer, roue solaire vertigineuse qui allait s'amenuisant. En trois secondes elle est devenue aussi pure qu'un diamant déposé au soleil et j'ai su que Claire était morte.

J'avais tellement prié pour quitter mon enfance. Ma mère a détaché ses bras de mon père, elle a renversé le front au ciel, elle a dit d'une voix nouvelle :

— Je désire avant tout que mon enfant reçoive l'extrême-onction.

Elle adore ça, l'extrême-onction. Elle l'a reçue cinq fois, pour chacune de nos naissances et elle a failli la faire administrer à Charles, l'année dernière, quand Olivier lui a lancé au vol son couteau d'Indien dans la gorge. Charles a un visage de bébé, sans traits, sans souvenirs. A six ans, il porte encore des barboteuses. Il n'est pas très propre ni très indépendant de ce côté-là et ma mère juge plus simple de déboutonner son entrejambe ou même de le laisser ouvert – cela se remarque à peine – que de défaire une culotte à bretelles. Je me suis souvenue de Charles l'année dernière revenant à la maison sur ses petites jambes tremblantes, soutenant à deux mains son menton, et de cet air timide, ahuri que lui donnait sa blessure. Pour l'accident de Claire, il s'est accroupi presque sous la table et il a regardé dans le vide avec la même expression de surprise. Je me suis accroupie près de lui, je l'ai pris dans mes bras et nous avons regardé les autres s'agiter et souffrir. Charles sent toujours la brioche. Quand il a été un peu rassuré, je lui ai chuchoté à l'oreille :

— Claire va mourir, mon chéri.

Il a fait oui, oui, énergiquement, de la tête. Olivier était cramponné à la taille de maman, il donnait des coups de front contre son ventre et il l'appelait en hurlant, comme s'il avait été perdu dans le noir. Maman l'a soulevé dans ses bras, elle le couvrait de baisers. Plus tard, tout le monde a dit :

— Sans Olivier, Véronique serait devenue folle.

Véronique, c'est maman. Elle ne punit jamais Olivier, même quand on le dénonce.

Dehors, le soleil continuait. Il n'était plus important de garder la maison fraîche. Les volets ont claqué, les portes ont battu. Le visage de papa devenait de plus en plus rouge, toutes les cinq minutes il portait la main à sa joue puis la regardait, comme s'il s'était attendu à la trouver tachée. Charles et moi, nous nous sommes enfoncés davantage sous la table. A l'étage, nous entendions maman marcher très vite, très fort et crier pour chaque recommandation qu'elle adressait à Valérie. Elle s'occupait à rassembler des vêtements noirs au cas où Claire mourrait. Ses pas se sont déplacés vers l'ancienne nursery qui sert de lingerie et de penderie depuis que nous avons grandi. J'aime bien cette pièce avec la petite baignoire où il faut maintenant replier les jambes pour être couverts d'eau, et le papier avec le meunier, son fils et l'âne que nous avons arraché et décollé chacun à notre tour, les soirs de lune où il était fatigant de s'endormir. Sur mon mur à moi, j'avais gravé avec la pointe d'un compas « Nez Rouge ». J'appelle ainsi ma sœur Valérie quand je suis en colère. On lui a refait le nez. A contre-jour d'un éclairage vif, il est comme un verre dépoli. J'ai pris la résolution, si Claire mourait vraiment, de ne plus appeler Valérie « Nez Rouge » et de ne plus me disputer avec personne. Valérie est passée dans la salle à manger pour chercher un verre d'Hépatrol. Elle a souvent des crises de foie. Une grande auréole blanchissait sa bouche et son nez. Quand elle nous a vus, Charles et moi sous la table, elle s'est ravisée, elle a dit :

— Cela m'est égal d'être malade alors que Claire souffre.

Au bout d'un moment, elle a ajouté :

— Tu sais – et ses lèvres tremblèrent, ses yeux se renversèrent à l'intérieur d'elle-même et je crus qu'elle allait disparaître – tu sais, j'offre ma vie à Dieu en échange de celle de Claire.

A peine si je pouvais respirer. J'ai crié malgré moi :

— Laissez-la mourir, on ne peut même pas mourir tranquille ici, on ne peut même pas ?

Ma mère est accourue. Elle a mis ses bras autour de nous, ses yeux étaient pâles, elle répétait :

— Seigneur, Seigneur..., gardez ma petite fille en vie. Même infirme, même paralysée, même défigurée, gardez-moi Claire vivante.

Elle s'est levée, et dans son regard une part de son passé s'est détruite à jamais. Elle a dit encore :

— On me cache la vérité.

Et enfin, elle nous a oubliés.

Mon père a la manie des photos. Il possède un vieux Kodak accordéon d'où sortent des images très claires, où nous sommes toujours plus beaux que d'habitude, sans doute parce qu'il se trompe dans les distances ou plutôt parce qu'il s'est réglé sur l'infini une fois pour toutes. Quand nous avons été prêts, mes petits frères avec leurs culottes marron à bretelles de l'hiver dernier, ma mère et son chapeau qu'elle garde pour les mariages, son visage aquarelle sous les différentes couches de rose qu'elle étale machinalement, harmonieusement, Valérie en robe de piqué blanc, talons noirs vernis et poudrée jusqu'aux yeux pour estomper ses larmes, il nous a, une fois de plus, alignés sur les marches de la terrasse.

Chaque été il recommence la même photo. Les marques au crayon aussi, sur la porte de la salle de bains, pour voir si nous avons grandi. Charles 1 m 08, Olivier 1 m 42, moi 1 m 57, Claire 1 m 66, Valérie 1 m 70. Nous n'y toucherons plus. Entre Valérie et moi il a voulu laisser une marche libre, la marche de Claire. Nous avons tous la tête baissée sur cette photo. Ma mère suppliait :

— Jérôme, Jérôme, dépêche-toi, je veux la revoir vivante.

Mon père ne s'était pas changé. Il portait le même costume qu'au déjeuner, un costume gris qui paraissait maintenant trop clair. Il n'avait pas l'air d'entendre. Sur l'appareil, ses jointures blanchissaient. Le déclic a joué et il s'est affalé dans une chaise longue, sa tête a roulé de côté. Il a dit qu'il ne bougerait pas. Les voitures, c'étaient des instruments de mort. Il ne toucherait plus à la sienne. Ou bien il achèterait un tank pour écraser toutes les voitures qui avaient écrasé Claire. Charles regardait papa avec des yeux énormes, malgré cette chaleur il s'est mis à claquer des dents. Ma mère a baissé complètement les bras, elle semblait tout d'un coup rétrécie. Elle a embrassé papa sur la joue, comme un enfant. Elle lui a dit :

— Et si tu te reposais un peu ? Tu nous rejoindrais

plus tard, quand tu seras mieux. Je n'ai pas le courage de t'attendre.

A moi, elle a dit tout bas :

— Reste avec ton père. Surveille-le qu'il ne fasse pas de bêtises.

Elle m'a aussi confié les valises et ils sont partis à pied pour la gare, maman et les trois autres.

Papa s'est enfin décidé. Nous sommes partis lui et moi, tout seuls, dans la grande Peugeot carrossée exprès pour notre famille, avec deux strapontins entre les banquettes parce que nous étions en général cinq enfants, plus deux parents, plus Henriette, plus parfois une grand-mère. La chaleur se répandait sur papa. Il sursautait, il fermait les yeux, sa tête tombait et puis se relevait. D'habitude, quand il n'y a pas de gendarme visible et que je suis seule avec papa, je tiens le volant par-dessus ses mains. Papa était plus ou moins engourdi dans ses larmes. Il avait sur les joues des traînées brillantes, comme celles laissées par les escargots. Je n'avais jamais vu papa pleurer. Je me répétais sans cesse que Claire était morte, ou qu'elle allait mourir et cela ne me faisait rien.

On roulait, on traversait des gens qui buvaient des orangeades ou cueillaient des fleurs dans les fossés. En y réfléchissant, j'aurais préféré qu'il nous arrive un tremblement de terre ou un incendie ; enfin, quelque chose de réel. Parfois papa posait sa main une seconde sur la mienne et je la retirais. Il a recommencé à dire d'une voix cahotante qu'il voulait rentrer dans toutes les voitures, écraser l'assassin qui avait écrasé Claire. Il a doublé trop court devant un camion à remorque, je regardais ces doubles roues presqu'aussi hautes que le toit de la voiture, et puis papa s'est perdu une fois de plus au fond de son siège, il a mis ses mains sur sa figure, le chauffeur du camion klaxonnait, klaxonnait, je voyais son visage briller rouge derrière le pare-brise et j'ai su que les grandes roues nous aspiraient, les grandes roues allaient nous broyer. J'ai attendu qu'on meure et papa a éclaté de colère. Dans une station-service nous avons bu un coca-cola, mais papa a fait le geste de montrer au pompiste le télégramme, pour Claire, et je l'ai entraîné par la manche. Nous ne nous sommes plus parlé de tout le voyage.

Nous sommes arrivés sur une place immense, une sorte de carrefour où débouche la route nationale avec, de côté, un café ou un restaurant, une terrasse et des fleurs. En face du café il y avait un car de la police avec une antenne, et un gendarme qui déviait la circulation. Autour du car, un attroupement, des gens qui nous tournaient le dos. Papa a rangé la voiture devant le café et nous sommes descendus. Nous nous sommes tenus par la main très fort, papa et moi, et les gens se sont écartés, et nous étions essoufflés et puis nous avons vu, derrière les gens, un gendarme avec un mètre pliant qui prenait des mesures par terre.

Il s'est redressé en se tenant les reins. Au bord de l'asphalte, près d'un banc à l'ombre des platanes, ils avaient dessiné à la craie une silhouette étendue, les bras épars, une jambe courte et une jambe longue et du sang, du sang partout, par flaques et par rigoles jusque dans le caniveau, un sang tellement épais par endroits que le tracé de la craie creusait des rigoles roses. L'air était plein de baguettes lumineuses, on était obligés de cligner des yeux et il faisait chaud à vomir. Papa a lâché ma main, tout le monde nous regardait et ils continuaient à nous regarder en pleine figure même quand nous fermions les yeux. La bonne femme du café a voulu me faire partir en me poussant par les épaules, elle avait une robe jaune et trop de rouge à lèvres, que pouvait-elle comprendre à ce sang, cette idiote, ce n'était pas son sang. J'ai pris la voix de maman :

— Vous auriez pu jeter un seau d'eau sur la route quand vous avez su que les parents allaient venir.

Papa s'est retourné. Les gendarmes avaient l'air en deuil. J'avais envie d'aboyer. J'ai repris papa par la main et nous avons écouté les explications. Sur le moment je n'ai rien retenu, mais depuis j'ai tout su par cœur parce que jusqu'au procès papa n'a pas cessé de nous répéter les détails. A la fin, j'ai tiré papa par la manche :

— Est-ce qu'elle est vivante ?

— Oui, oui, a dit papa distrait et agité.

Et les chiens se sont mis à bondir au soleil, les autos avaient des filets à papillons qui dépassaient des vitres et les gens sur la terrasse remuaient à nouveau les glaçons dans leurs verres de citronnade. Nous nous sommes dépêchés de reprendre la voiture.

C'était, en haut d'une colline il me semble, une maternité tenue par des bonnes sœurs. Je ne sais pas pourquoi on a emmené Claire là-bas. Une jeune religieuse à fossettes nous a accueillis sur le perron. Elle nous a recommandé gentiment de pleurer tout bas pour ne pas attrister les mamans qui venaient d'avoir des bébés. Elle a sautillé avec légèreté dans le couloir blanc en faisant voleter les plis de sa robe. Elle nous a dit que toutes ses compagnes priaient pour nous et que notre petite Claire avait sûrement sa place parmi les anges. Elle a poussé la porte de la chambre avec des précautions inouïes, l'entrouvrant d'abord, y faufilant sa cornette, puis elle s'est reculée avec fierté pour nous laisser passer.

Il faisait presque noir autour du lit de Claire. Je me demandais si la bonne sœur était restée derrière la porte pour s'assurer que nous n'allions pas pleurer trop fort. Après quelques instants nous avons pu voir des lys dans un pot à confiture, sur la table de nuit. J'entendais papa respirer. Tout était paisible dans cette chambre. Claire était étendue sur le dos, les mains jointes. Elle n'était pas comme avant. Elle avait l'air beaucoup plus âgée. Ce n'est pas vraiment Claire. Sous le paquet de coton qui lui entoure la tête comme une cornette dépassent quelques mèches de ses cheveux bais devenus raides et presque roux. Son nez paraît tout petit, sans doute parce que son menton et ses joues ont gonflé. Sa bouche est entrouverte et on peut voir ses dents comme pour un sourire. Des dents glacées, presque bleues. Papa a dit qu'il était heureux que maman n'ait pas vu tout cela. Papa retarde toujours, je pense qu'il parlait de Claire dessinée sur la route. Il a sorti son vieux Kodak accordéon et il a pris appui sur le montant du lit en comptant un, deux, trois, quatre, cinq, pour le temps de pose. Tous les gens qui ont vu cette photo ont fait à papa des compliments sur Claire.

C'est vrai, Claire sourit dans la mort. J'espère seulement que ce sont ses grands muscles qui, coincés par le choc qui lui a brisé la nuque, ont retroussé ses lèvres. Sur cette photo, Claire est une coupe vidée de lumière et d'obscurité.

Après la séance de photo, papa a tiré près de Claire la seule chaise de la chambre et il s'est assis. Il a fait mine de lui prendre la main et il l'a vite retirée, comme s'il s'était laissé aller à un geste fou. Il m'a regardée avec reproche et, comme je rougissais de plus en plus, il m'a dit d'une voix lente :

— Va, mon petit, embrasse ta sœur.

Quand j'ai peur, je suis incapable de désobéir. J'ai réfléchi avec beaucoup de prudence où je pourrais embrasser Claire sans faire de peine à papa. Ni sur les joues tuméfiées. Ni sur la tempe où le paquet de coton laissait trop peu de place. Sur le front. Là où quelque chose de vivant demeure inscrit sur les statues de marbre.

Pendant des minutes et des minutes après, j'ai continué à avoir peur. Parce que ça pourrait durer toujours, avoir la bouche tellement sèche que vous ne pourrez plus jamais cracher.

Maman est arrivée avec Valérie. Elle avait fait un détour pour confier Olivier et Charles à Henriette. A Paris, Henriette nous a donné le biberon à tous, tante Rébecca et maman comprises, sauf à papa et à grand-mère. Maman s'est précipitée sur papa comme s'il était son nouvel enfant, ils se sont tenus embrassés, ils se sont tendus des caresses comme on doit les attendre sur le dernier désert, ils ont respiré leurs larmes sur leurs visages, ils se sont écartés à bout de bras et tout le drame, la solitude, dans leurs yeux a fondu et ils se sont penchés, étreints, confidentiels, sur Claire ; ils se sont blottis au-dessus d'elle comme au-dessus d'un berceau, et, même, maman a souri. Nos larmes sont devenues très chaudes, nous nous sommes mêlé les bras, les épaules, les fronts, et j'aimais jusqu'à ma sœur Valérie. Claire était entre nous, fraîche, douce, parfumée à l'éther, on l'a bougée sans le faire exprès et la bonne sœur a dit d'une voix autoritaire :

— Allons, ne touchez pas à la petite morte.

On s'est tous reculés en vitesse. Maman s'est redressée la dernière. Elle a dit doucement, avec plein de tendresse :

— Elle est encore si souple...

Puis elle a pris des yeux très larges et elle a ajouté :

— Sortez tous. Je veux voir mon enfant nue une dernière fois.

J'ai tout le temps honte de mes parents. J'ai toujours rêvé d'être un numéro planté sur la terre, sans origine. Maman est très gênante. Elle ne porte ni gaine, ni soutien-gorge, ni épingles dans les cheveux. Elle dit qu'elle déteste les contraintes. Dans la salle de bains, quand elle se relève la nuit, elle fait du bruit. S'il lui arrive de nous punir, après, elle vient nous demander pardon. On ne sait plus où se mettre. Elle est là, devant nous, et ses yeux deviennent encore plus chauds, encore plus bleus ; elle dit :

— Mon pauvre chéri, tu as une mauvaise mère, une mère nerveuse, une mère qui ne vous aime pas du tout.

Et elle rit. Nous, on soupire. Souvent, elle n'est même pas habillée pour le déjeuner, elle se balade avec un grand décolleté de dentelles. A table, elle annonce qu'elle n'a pas faim, il faut qu'elle maigrisse. Ou bien, elle invente des régimes, pendant trois jours elle ne mange que des figues, ou du riz à l'eau, ou du gruyère et elle se fâche pour rien. Papa grogne, il préfère la voir engraisser un peu et devenir d'une humeur plus douce. Alors maman jette sa serviette, elle part s'enfermer dans sa chambre. Cinq minutes plus tard, on l'entend pleurer. Je suis sûre qu'elle pleure près du trou de serrure. Papa prend l'air excédé, il ordonne sans conviction que l'un de nous aille consoler maman. Claire est toujours volontaire. Claire aime maman à la folie. Je l'ai vue recevoir des gifles avec un torchon mouillé sans bouger, sans ciller, sans se plaindre. C'est maman qui s'est mise à sangloter que Claire la tuait. Claire est la seule à qui maman ne demande jamais pardon.

Valérie et moi nous avons attendu, les mains croisées derrière le dos, appuyées contre le mur du couloir, devant la porte de la chambre où était couchée Claire. Nous n'osions pas en parler mais nous savions bien – et maman aussi – que Claire vivante n'aurait pas voulu être mise toute nue ainsi et regardée. Les bonnes sœurs n'arrêtaient pas de voltiger devant nous. Il n'y en avait pas une capable de prendre le tournant sans qu'un pan de sa robe époussette le radiateur d'angle. Elles nous adressaient des signes vifs et réconfortants. Et puis ce fut l'heure des pots de fleurs.

Ils arrivèrent presque ensemble, des dizaines d'hommes avec des fleurs. Elles n'étaient pas pour Claire, pas encore. Ils ouvrirent des portes et des portes comme sur un jeu de l'oie et, chaque fois, entraient dans ce couloir des bouffées de soleil, des cris de bébés et des gazouillis tendres. Tout le monde s'appelait « chéri » là-dedans.

Enfin on a ouvert la porte de Claire. Le store de la fenêtre était à demi relevé maintenant. Maman avait des points de lumières dans les yeux, comme si elle avait traversé une découverte. Claire avait le teint brouillé.

— Voyez-vous, a dit maman, comme c'est bête, elle a un petit bouton sur le front et j'ai pensé qu'il faudrait y mettre du calomel.

Papa et maman avaient l'air fiers de s'être ainsi habitués à Claire. Papa avait repris son vieux tic de s'arracher le bout des ongles et de cligner des sourcils sans arrêt. Maman nous a embrassées, Valérie et moi. Elle nous a juré qu'elle ne nous punirait plus jamais. Puis, il a fallu lui jurer que nous ne monterions plus jamais sur une bicyclette. Claire s'est fait écraser à bicyclette. Alors, quand on sera à la campagne, on sera complètement bloqués. Je lui ai demandé :

— Olivier et Charles non plus ?

Elle nous a dit :

— Plus personne. Plus jamais. Oh, Dieu ! Oh, Claire !

Depuis, ma mère est effrayée par les bicyclettes. En voiture, si elle aperçoit un cycliste sur le côté de la route, elle crie et elle détourne le volant de papa.

La bonne sœur s'est faufilée une nouvelle fois sans refermer complètement la porte, elle tenait la tête penchée sur son épaule. Maman a du respect pour les bonnes sœurs, elle dit qu'elles sont venues à bout de moi. Naturellement, en pension je ne discute pas les ordres, il n'y a qu'une chose qui m'intéresse, c'est grandir.

La bonne sœur est venue chuchoter près de ma mère et ma mère s'est levée avec un cri, elle a supplié que sa fille n'aille pas à la morgue. Elle s'est accrochée à papa :

— Jérôme, fais quelque chose.

Papa a dit que le dimanche on ne pouvait rien faire. Il se grattait la gorge et la bonne sœur a dit, en tripotant son chapelet, que sa morgue à elle était tout à fait particulière, rien que des bébés et une jeune femme de l'âge de Claire, dix-neuf ans. Maman ne voulait pas écouter, elle ne voulait pas quitter Claire, elle voulait la garder encore, toute à elle, jours et nuits jusqu'à ce qu'on l'enterre.

— C'est que, a remarqué la bonne sœur, après-demain vous tombez dans le 14 juillet, ce qui nous mène à jeudi au plus tôt, ce qui nous fait un peu tard. Sans compter la chambre ; elle est réservée, vous savez...

Une chambre avait été retenue au Crillon pour Alain et Claire, le soir de leur mariage. Maman a proposé à la sœur un don pour ses œuvres. A ce moment, mon ex-futur beau-frère est entré et tout le monde s'est tu.

Alain a toujours un sourire tendre pour Claire. Nous ne l'avons jamais vu méfiant ou en colère. Maman prétend qu'on ne connaît pas un homme avant qu'il vous ait dit « merde ». Dans la bouche de maman, ce mot prend un sens gênant. On entend bien qu'elle se force. Elle me gêne quand elle se force. Une fois, elle nous a réunis, Olivier et moi, pour nous parler de questions sexuelles. Olivier se tordait de rire et il lui a demandé de faire des dessins. J'ai dit à ma mère qu'elle m'achète un livre là-dessus et nous n'en avons plus reparlé. Je ne peux pas supporter qu'on m'apprenne la destination de mon corps. Un soir, Claire est sortie en sanglotant de la chambre de maman. « Mais oui, l'irréparable est fait, je ne la possède plus ta sacrée dot », elle sanglotait comme seule Claire peut sangloter ou rire, ou marcher en ouvrant les bras en ailes sur l'arête du toit, à la maison de campagne, ou imiter le cri du hibou en soufflant entre ses mains jointes. Je sais que maman va se rappeler tout cela. Elle aura des remords.

Il y a peu de temps que maman a commencé à être gentille pour Claire. A Pâques, quand Claire est devenue belle. On aurait dit qu'un grand coup de lumière était passé sur elle. Ses dents, ses cheveux, ses yeux, sa peau, tout en elle s'est mis à briller. Tout le monde, tout le monde dans la rue, partout la regardait et se mettait à sourire. Valérie s'acharnait à expliquer la beauté neuve de Claire. Elle haussait les épaules :

— C'est un air spécial qu'elle porte sur sa figure pour attirer les garçons.

En général, Valérie ne m'embête pas trop. Je suis la seule qui ose lui donner des claques. Comme je ne suis pas assez grande, j'attends qu'elle soit assise ou bien je monte sur une chaise quand elle a oublié notre dispute. Dans mes pires jours, je lui dis qu'une fois je me lèverai la nuit pour taper sur son nez refait. Quand je suis méchante, je me déteste et je me méprise, mais je sais que pour être vraiment bonne, je n'ai pas d'autre solution que d'attendre d'avoir grandi. Maman ne s'est pas aperçue tout de suite que Claire devenait belle. Elle continuait à s'énerver, elle portait la main à son front, exactement comme ma grand-mère :

— Claire, tu me fatigues.

Claire se taisait au milieu d'un éclat de rire. Elle posait sur maman un regard un peu en attente, un peu triste. Maman tournait le dos ou bien quittait la pièce, ses raisons de se plaindre avaient disparu en même temps que le rire de Claire. A Pâques aussi, Alain est arrivé. Il a regardé Claire et Claire est devenue muette. Maman en a fait une vraie fête. Elle a enfin acheté des robes neuves à Claire. Jusque-là, elle raccourcissait pour elle les anciennes robes de Valérie. Claire n'est plus retournée en Suisse, en Angleterre ou en Allemagne, partout où maman lui trouve une famille qui la garde enfermée le soir. Elle a mis un pantalon de lainage blanc et une veste d'amazone bordée de brun pour déjeuner au Polo de Bagatelle, une tunique émeraude pour dîner chez Maxim's, un tourbillon de soie sauvage pour danser avec Alain. Maman s'irritait pendant les essayages, elle reprenait la couturière :

— Mais ne lui marquez donc pas la poitrine comme ça !

— Je ne la marque pas, madame, elle y est !

La couturière marmonnait, des épingles plein la bouche. Claire rougissait un peu mais ses yeux riaient par en dessous. Alain l'a demandée en mariage à maman. Pas à mon père. Papa en plaisante, on lui cache tout dans cette famille. Alain a été trappiste pendant deux ans. Maman ne veut pas qu'on le dise pour ne pas lui faire de tort. Papa dit que cet imbécile (Alain) a ainsi perdu sa place dans la banque de son père et que son frère (moins bête) en a profité.

Maman répond que de toute façon il a les revenus de la fortune de sa mère et qu'il récupérera la banque plus tard, à la mort de son père. Alain dit qu'il est tout de suite tombé amoureux de Valérie, de Claire et même de moi. Il a choisi Claire parce qu'elle était la plus vivante. Aux fiançailles de Claire, Valérie a été se cacher dans la cuisine pour pleurer. Maman accueillait les félicitations avec un sourire discret, Alain était tout ce qu'il fallait à Claire, il saurait la mater. Maman parle souvent de Claire comme si elle était un petit cheval violent avec une crinière baie. Papa n'a pas cessé de boire du champagne, il tapait sur l'épaule de ses copains à Légion d'honneur :

— Plus que deux à caser, mon vieux ! Tu n'aurais pas un fils dans leurs âges ?

Maman lui a donné un coup de pied et papa a fait « aïe » en sautillant comme dans les films comiques. Henriette a dit que le diamant de Claire valait au moins vingt-cinq millions.

La main de Claire paraissait encore plus petite, encore plus pâle, elle la cachait derrière son dos. Je crois bien que pour Claire Alain a été un événement très compliqué. Elle ne riait plus quand elle le regardait. Elle approchait lentement, elle prenait sa main entre les siennes rejointes et elle frottait son front, son nez contre l'épaule d'Alain, comme font les petits chevaux, oui, contre les troncs de pommiers.

Quand Alain est apparu à la porte de la chambre de Claire, à la clinique, il tenait contre lui beaucoup de fleurs pour elle. Il est entré sans regarder personne, il a marché droit vers Claire et il a déposé le bouquet sur ses jambes. Elle a eu l'air encore plus morte. La bouche d'Alain tremblait. Il a pris maman dans ses bras et elle a hoché la tête deux ou trois fois en fermant les yeux. Il l'a appelée « Maman ». Puis il a donné l'accolade à papa et il l'a appelé « Papa ». La bonne sœur avait croisé les mains sur son ventre. Elle nous admirait.

Nous sommes restés longtemps autour du lit de Claire, à la regarder tant qu'elle a failli bouger. L'odeur des lys était d'une douceur à dormir. J'ai lancé le nom de Claire dans l'espace, sur les ondes du silence, comme avec le sifflet de papa pour les chiens. On souffle dedans sans bruit et Bobby à des kilomètres entend et il revient. Une douzaine de fois. Claire... Oh, CLAIRE ! Je pensais à Claire sur sa bicyclette, ses cheveux envolés derrière elle. Elle riait et le soleil était sur son rire. Je pensais à cette voiture qui était venue et à Claire bondissant par-dessus le capot. A Claire criant, criant puis cessant de crier. Est-ce qu'elle avait crié ?

J'ai retrouvé la religieuse au bout du couloir, elle pliait des compresses sur un chariot de métal.

— Qu'est-ce qu'on a fait à ma sœur ?

Elle a juste levé les yeux une seconde, ses lunettes réfléchissant la lumière :

— Pas grand-chose. Elle était morte en arrivant ici.

— Et le coton, alors, tout autour de sa tête ?

Elle a répondu, à la manière de la grand-mère du petit Chaperon Rouge :

— Pour cacher ses blessures, mon enfant.

Sous le drap, y avait-il d'autres blessures ? La bonne sœur a dit, comme si ce n'était rien du tout :

— Une fracture ouverte de la jambe et l'artère fémorale sectionnée.

— Est-ce qu'elle a crié ?

— Pensez-vous ! Elle n'a pas eu le temps.

En tout cas, Claire n'était pas dans son tort. Le gendarme l'a dit à papa, elle avait la priorité.

J'ai à peine connu Claire. Pendant toutes ces années j'étais en pension. Quand je reviens, je dors dans sa chambre. Elle n'a pas voulu me réveiller. Elle s'est habillée derrière les volets. Elle a enfilé un tee-shirt et un blue-jean, elle a longtemps brossé ses cheveux, elle avait renversé la tête et ils coulaient jusque par terre avec un crépitement électrique. Elle s'est maquillée pendant une heure, elle souriait et elle chantonnait comme quelqu'un à qui il va arriver des choses et puis elle s'est approchée de mon lit :

— Ecoute, toi, ne fais pas semblant de dormir. Tu diras à papa que pour les cuillères d'argent j'ai choisi le modèle coquille.

C'est tout. Elle n'a pas dit au revoir ni rien. Elle est partie et elle est morte. Elle nous a tous rejetés. Elle nous a bien eus. Elle peut toujours attendre que je la pleure. Claire a perdu un visage. Elle a perdu ses traits comme on perd une formule magique. Je voudrais être cette étrangère.

Alain nous a ramenées à Paris. Maman est restée près de Claire avec papa. Nos yeux se fermaient presque à cause du vent. Le soleil n'était pas encore couché. Alain avait relevé la capote. Il fumait en conduisant, il laissait sa main gauche pendre au-dehors et nous roulions lentement, comme en vacances. Valérie était à côté d'Alain, à la place de Claire.

Devant un kiosque avec des ballons de baudruche accrochés au toit, Alain s'est arrêté pour nous acheter des glaces. Nous les avons mangées avec gravité, au bord de la route, en les léchant avec une langue pointue. Les voitures qui passaient claquaient nos robes sur nos jambes. Je me suis répété trois fois : Claire ne mangera plus jamais de cornets à la fraise. Et après ?

— Et après... rien. Et après, c'est long...

Claire dit ça, parfois la nuit, quand elle croit que je dors, et elle parle d'autres choses encore, et elle pleure tout bas, et elle rit tout haut et j'ai peur qu'elle sache que je suis réveillée.

Dans l'appartement de Paris, les meubles étaient couverts de housses, les cendriers vides, les vases désemplis, les tapis roulés. Les portes battaient. Dans l'entrée, Claire avait oublié son imperméable, jeté sur un fauteuil. Valérie l'a pris au passage, d'un geste naturel, elle a traversé la deuxième entrée qui donne sur nos chambres par un mur de glaces à coulisse et là, elle était dans l'ombre mais je l'ai vue, elle a enfilé l'imperméable neuf de Claire et elle s'est tournée dans tous les sens pour voir s'il lui allait. Je me suis approchée sans faire de bruit, je lui ai dit d'une voix gentille :

— Tu vas le prendre pour toi ?

Elle m'a regardée dans la glace, elle a répondu :

— En tout cas, je le réserve, il n'y a pas de raison qu'il revienne à quelqu'un d'autre.

Nous nous sommes regardées jusqu'à ce que le reflet se brouille.

— Mais qu'est-ce qui t'arrive ? Qu'est-ce que tu veux à la fin ? a dit Valérie.

Je ne l'ai pas fait exprès, j'ai dit bêtement :

— Je veux que Claire garde son imperméable.

Je déteste le nez refait de Valérie. Je déteste son odeur que personne d'autre ne peut sentir. Je déteste qu'elle prenne des laxatifs. Je la déteste à Noël. A Noël, Claire, elle, vous donne un coupe-papier de sureau où elle a sculpté avec la pointe d'un canif trois rossignols. Elle a dit que c'étaient des rossignols.

Henriette est accourue en tenant dans ses bras Charles enveloppé d'un peignoir. Elle avait le visage trempé, gonflé comme une éponge. Elle avait enlevé son tablier et – avec sa robe noire elle avait l'air en deuil – elle nous a dit :

— Un malheur pareil, c'est pas possible, une si belle petite, la meilleure de vous tous, j'en perds la tête, voilà trois bains que je donne à vos frères et ils n'ont même pas rouspété, les pauvres baigneurs.

Dans le dos d'Henriette, Valérie s'est vissé le front avec un doigt en regardant Alain. Henriette a ouvert les volets du salon et elle a apporté un grand pot de sangria avec des rondelles flottantes d'oranges et de citrons. Tous les glaçons tintaient. Elle a dit qu'il fallait quand même recevoir poliment Alain, le malheureux, veuf avant d'être marié. Alain a sorti un calepin de sa poche et, avec un crayon d'or, il a coché des noms sur une liste. Ensuite, il a pris le téléphone sur ses genoux. Valérie lui a tendu un verre plein de buée avec une collerette de sucre. Il a posé la main sur la nuque de Valérie assise à côté de lui et, l'écouteur coincé entre l'oreille et l'épaule, il a formé des numéros avec sa main libre. Il a bu à petits coups et il a annoncé aux gens que Claire était morte. Oui, dans l'instant. Elle n'avait pas souffert. Son visage était intact, merci mon Dieu.

Grand-mère Cartet est venue dîner avec nous. Elle a les clés de l'appartement attachées à son trousseau et on l'entend tinter de loin. Tout en noir, parfumée à l'Emeraude de Coty, elle parlait très bas, il fallait se taire pour l'entendre, elle respirait court sous ses épaules cassées. Les perles coulaient dans les plis soyeux de sa robe et ses doigts s'y accrochaient. Elle avait acheté un poulet en gelée et une tarte à l'ananas. Elle a ordonné à Henriette de lever Olivier et Charles pour que nous priions tous ensemble. Elle nous a embrassés si tristement que nous avons eu la chair froide.

Elle a aussi embrassé Alain en le tirant à elle par sa cravate. Grand-mère a la spécialité de nous faire retomber en enfance. Il faut se lever dès qu'elle apparaît et s'interrompre pour ne regarder qu'elle. Elle lance comme une boutade :

— Qui sait combien de temps vous me verrez encore ? A mon âge, on ne pèse guère plus qu'une plume, un coup de vent et... pffuit ! envolée votre mamie.

Alors, pour Claire, elle a dû être vexée. Elle a pris le bras d'Alain pour entrer à la salle à manger. Elle a regardé la grande baie par-dessus ses lunettes bleu ciel et elle a rappelé le jour – était-ce hier encore ? – où nous nous sommes tellement battus que les petits suisses du dessert volaient à travers la table et allaient s'écraser sur les vitres. Elle a dit en rajustant sa vue :

— Mais au fond, vous vous aimez bien fort, mes enfants chéris ? Il faut vous aimer davantage à présent pour ne pas avoir de remords.

Elle a soupiré et re-soupiré :

— Votre pauvre mère... m'a-t-elle beaucoup réclamée ?

Nous avons dit :

— Oui, mamie, mais elle ne veut pas que tu te fatigues là-bas.

Elle a plongé le nez dans son mouchoir et elle a dit au travers :

— Pourquoi faut-il que ma vieille existence ait été épargnée ?

Nous n'avons pas su quoi répondre. Il y avait dans la salle à manger l'odeur et la couleur d'un soir d'été. Comme si nos paroles, nos gestes n'étaient pas vrais, comme si Claire n'était pas morte. La tarte à l'ananas est mon dessert préféré.

D'habitude, au milieu de la table, trois amours de bronze tiennent ensemble sur leurs ailes une corbeille pleine de camélias ou de raisins noirs. Les bagues de maman brillent quand elle joue avec son porte-couteau transparent. Les bouchons taillés des carafes découpent en biseau la lumière sombre ou pâle du vin. Nos chaises ont des pieds de biches avec de vrais sabots fendus, malheureusement Olivier, Charles et moi avons lacéré le cuir des sièges. Les rideaux safran font croire qu'il y a toujours du soleil. Quand Henriette passe les plats, on sent la chaleur sous son bras et sa robe craque un peu à l'emmanchure. A contre-jour de la baie, Claire a les cheveux étonnamment pâles. Elle pose les coudes sur la table, elle jette un clin d'œil à Charles qui rit et qui fait « plaff » avec le dos de sa cuillère dans sa purée. Maman frappe le coude de Claire avec le manche de son couteau :

— Tu le fais exprès ?

Si Claire dit oui, ça fait une scène. A tous les repas il y a une scène. Olivier veut absolument du lait dans sa timbale comme les soldats américains. Il oblige maman à lui passer la tête à la tondeuse et il s'embusque dans le couloir avec une mitrailleuse pour nous tirer des flèches dans les jambes. Je l'embête en lui disant qu'il ressemble à un civil allemand dans les ruines de Berlin, avec ses mollets misérables et son crâne à poux. A table, je m'arrange pour boire son lait d'un trait. Il hurle et maman s'énerve, on est plus tranquille quand je suis en pension. J'en ai des larmes qui me piquent le nez mais je lui souris, je lui souris en face et elle s'écrie :

— Arrête de me regarder comme ça ! Jérôme, fais quelque chose.

Papa en a tellement assez qu'il se lève et annonce qu'il va au cinéma. Il claque la porte d'entrée, mais comme il revient dix minutes plus tard nous ne sommes pas inquiets. Pendant ce temps, maman pleure. Elle dit qu'ils étaient si heureux, papa et elle, avant que nous soyons nés et que nous ayons déchiré le cuir des sièges.

Cette fois-ci, personne ne s'est disputé. Ma grand-mère a mangé avec des doigts prestes la carcasse du poulet. Elle appelle le croupion l'« endroit discret ». Par inadvertance, Alain m'a versé du vin et je l'ai bu. Valérie a aidé Alain à récapituler sur ses doigts les détails dont ils devraient s'occuper dès demain. Annuler les faire-part de mariage. Renvoyer aux gens les cadeaux pour lesquels Claire n'a pas encore remercié. Faire la part des frais que papa et Alain avaient engagés ensemble dans le nouvel appartement de l'après-mariage. Valérie a levé des yeux humides :

— Et vous y vivrez seul, Alain ? C'est trop triste.

Alain a proposé que nous nous tutoyions tous. Il posait sur nous des regards raisonnables. Quand il s'est marié, en décembre, Henriette a dit avec un ton de dispute :

— Celui-là, j'ai bien vu que le chagrin ne l'étouffait pas.

Mais les gens des couvents sont comme ça, pour eux la mort n'est qu'une messe. En pension, quand une bonne sœur meurt, nous avons de la crème au chocolat. Ma grand-mère avait la tête un peu lourde, elle a soutenu son front à deux mains et elle a parlé de toutes les morts qui avaient grandi autour d'elle : tante Clémence qui, à quatre-vingts ans, passait encore la jambe pardessus une chaise; son frère, le petit Jean-Louis, qui a coulé à pic après le déjeuner il y a quarante ans; sa vieille amie Clotilde et tant d'autres gens que nous ne connaissons pas. Elle a oublié mon grand-père mais nous ne le lui avons pas rappelé.

Claire s'éloignait de plus en plus. J'avais peur que quelqu'un prononce son nom. J'avais peur que Claire revienne. Je me suis souvenue de l'odeur des lys, à la clinique; je me suis levée de table, et ce jour était tellement inattendu que personne n'a rien dit. Je ne voulais plus dormir dans la chambre de Claire.

J'ai été dans une pièce que nous appelons « Napoléon » parce que papa en a fait un vrai mausolée de cet empereur, avec une vitrine fermée à clé où il y a son chapeau, les pistolets à crosse de nacre du Roi de Rome, les sabres de trois ou quatre maréchaux comme Ney ou La Bédoyère et les trompettes, les étendards de leurs régiments. Toute la pièce est pleine d'abeilles dorées, sur les murs, les rideaux et même sur le lit qui vient de la Malmaison. Ce qu'on a pu s'ennuyer à la Malmaison, le dimanche.

Je me suis couchée avec les draps par-dessus la tête et j'ai pressé les poings sur mes yeux pour voir défiler les étoiles rouges, d'habitude j'adore ça. Mais j'ai commencé à penser à Claire, ses paupières mal closes, ses mains jointes d'une manière anormale, sa peau froide quand il a fallu que je l'embrasse.

Parfois, à la maison de campagne, Claire m'entraîne la nuit sous les arbres. Après le tournant de l'allée les lumières des fenêtres disparaissent et il fait si noir que nous devons nous donner la main pour ne pas nous perdre. Claire lâche ma main sans prévenir, et déjà je ne sais plus si elle est près ou loin. Elle souffle dans ses paumes réunies en conque, d'abord c'est un hibou ou une sirène dans la brume, et puis cela devient une plainte, comme si quelqu'un était malheureux dans le noir, et soudain je sens, comme une âme qui sort de terre, les mains de Claire sur ma figure.

Je me suis mise à hurler. J'ai hurlé si fort que les fils qui me retenaient dans « Napoléon » se sont rompus et je suis partie à l'horizon, les années craquaient une à une derrière moi et j'étais délivrée, entraînée par ces astres qui accomplissent leurs révolutions autour du soleil pendant les nuits d'août et nous, en bas, nous disons : « Tiens, une étoile filante... »

On m'a réveillée en sursaut, Valérie me secouait :

— Tu es malade ?

J'ai dit :

— J'ai vu Claire au pied de mon lit.

J'ai fini par lui communiquer ma peur. Valérie a apporté son matelas dans « Napoléon ». De temps en temps, nous nous demandions :

— Tu dors ?

pour ne pas céder au sommeil. Ainsi, nous avions l'impression de nous défendre contre Claire et qu'elle ne pourrait pas nous atteindre. Deux voitures ont abordé notre rue avec de grands coups d'accélérateur, elles se sont arrêtées sous nos fenêtres et nous avons entendu claquer les portières et des gens rire. Je me suis levée, je me suis penchée au balcon. J'ai vu deux femmes en robes longues, comme sorties d'un magazine et deux hommes en smoking, c'était exactement une des scènes où je m'imagine plus tard et qui me donnent la patience de grandir ; cela m'a vraiment mise en colère et j'ai crié :

— Vous ne pouvez pas vous taire un peu ? Il y a quelqu'un de mort ici.

Il y a eu un silence. Les voitures ont démarré doucement. Au bout d'un moment, Valérie a dit :

— Quand même, tu exagères.

Papa a ouvert brusquement la porte de « Napoléon ». Il nous a vues serrées sur le même matelas, pour finir nous nous étions endormies ensemble, et il a dit :

— On vous a laissées bien seules, mes pauvres chéries.

Il a marché à grands pas vers la fenêtre, il a ouvert les persiennes et le soleil nous a fait ramper sous les draps. Dans la rue, une arroseuse répandait une odeur de pluie. Papa était en manches de chemise, il avait l'air d'un prisonnier de cinéma avec son col défait et ses joues pas rasées.

Papa n'aime pas que nous nous levions tard ; il entre dans nos chambres en tenant son pouce contre ses lèvres pour imiter l'embouchure d'un clairon et il crie à la bousculade :

— Debout là-dedans, les Boches arrivent en tirailleurs !

On se dresse éberlués, et le temps de comprendre que c'est une blague il est trop tard pour se rendormir, le sommeil est parti. Mais la hâte de papa était différente, comme s'il avait reçu un nouveau télégramme ; nous nous sommes assises, entortillées dans les draps, en nous frottant les paupières et Valérie a grogné :

— Il est à peine six heures, papa.

— Debout !

— Mais qu'est-ce qu'il y a, à la fin ? a protesté Valérie. D'abord, sors qu'on s'habille.

Charles est arrivé à ce moment, il tenait par la patte son ours Céleste qui traînait par terre, il s'est accroché à la jambe de papa et il a répété après Valérie :

— Qu'est-ce qu'il y a, papa ? Qu'est-ce qu'il y a ?

Papa a secoué Charles pour qu'il lâche son pantalon ; il lui a donné deux ou trois tapes sur la tête, beaucoup trop fortes ; Charles a levé les yeux sans comprendre et soudain il a fait la sirène, un cri timide d'abord et puis des hurlements. Papa s'est bouché les oreilles :

— Taisez-vous donc ! Votre sœur est morte, vous l'avez oublié ?

Olivier est entré à son tour, pieds nus, ébouriffé de sommeil ; il a vu que Charles était puni et pour le défendre il a dit, les coins de sa bouche tombant :

— Je m'en fous, moi, qu'elle est morte.

Personne n'osait plus respirer, on regardait papa. Papa s'est rempli de silence, ses mains sont devenues molles, il a recommencé à pleurer, sans bruit cette fois. Il nous a embrassés comme aux jours où il nous aime le plus en nous appelant « mes gentils ».

Henriette a poussé la porte, elle boutonnait la blouse qu'elle met pour baigner Olivier et Charles ; quand elle nous a vus, elle a fondu en larmes, pressant les mains sur sa figure. Papa a souri un peu :

— Vous aussi, Henriette, vous aimiez Claire ?

— Je ne peux pas y croire, sanglotait Henriette, je ne peux pas y croire, monsieur.

Papa encensait de la tête comme les chevaux. Il a fini par dire sans nous regarder :

— Ce matin, Claire a des taches noires sur les doigts.

Nous nous sommes habillés tout bas. Même Olivier et Charles n'ont pas dit un mot. Au petit déjeuner il y a eu seulement les chocs des tasses contre les soucoupes et nous sommes descendus avec papa, bien en ordre, en veillant à ce que nos pas ne fassent pas de bruit.

C'était la veille du 14 juillet. Déjà les gens accrochaient des drapeaux à leurs balcons, les fleuristes arrosaient les pots sur le trottoir et l'eau formait des rigoles rondes dans la poussière.

Il était encore tôt à la clinique ; les vases de fleurs, par terre, n'étaient pas rentrés dans les chambres ; les bonnes sœurs portaient leur tenue blanche de l'office de nuit, elles finissaient de réciter leurs prières en remuant les lèvres, alors elles ne pouvaient pas dire bonjour.

Il n'y avait pas de fleurs devant la porte de Claire. Papa l'a entrebâillée et nous nous sommes glissés un par un, maman s'est levée silencieusement, elle nous a touché l'épaule comme si elle nous comptait. Elle ne pleurait pas, elle avait une odeur de pierre. Elle a relevé un peu le store, elle a dit qu'elle n'osait pas trop ouvrir la fenêtre à cause des taches :

— Jérôme, regarde, elle en a une nouvelle sur le menton.

Nous nous sommes rangés autour du lit de Claire, nous avons cherché les taches en n'ayant l'air de rien.

Des petites taches rondes. Violettes. Pas noires. Olivier et Charles n'avaient pas encore vu Claire. Olivier s'est appuyé au bord du matelas, il s'est haussé sur la pointe des pieds, il a ouvert grand la bouche mais il n'a rien dit. Papa a soulevé Charles dans ses bras, il l'a penché sur Claire, maman a dit :

— Non, non, Jérôme, il est encore trop petit.

— Je veux qu'il se souvienne, a répondu papa.

Charles a tendu les mains vers le visage de Claire, il lui a donné un baiser mouillé. Papa l'a reposé à terre ; Charles a poussé un soupir, il nous a tous regardés, il s'est retourné vers Claire et il s'est agrippé au drap pour grimper sur le lit.

— Touche pas, bébé, a dit papa.

Claire était devenue raide, on l'a bien vu. Papa a poussé Olivier :

— Tu veux embrasser Claire ?

Olivier a fait « Non, non » très vite, avec la tête, et il s'est reculé contre le mur.

— Embrassez Claire, a dit papa d'une voix énervée, embrassez-la tous.

Nous ne pouvions pas. Claire avait commencé à couler au centre de la terre. Son visage s'était défait comme les fleurs trop mûres qui vont tomber. Nous avions peur de Claire. Papa a insisté :

— Une dernière fois.

Il a entraîné Valérie par le cou, elle a résisté.

— Comment, tu ne veux pas ?

Valérie a dit :

— Si, je veux bien.

Mais elle n'a pas bougé. Maman a semblé s'éveiller, elle a dit tranquillement :

— Laisse-les, Jérôme, ils ont raison, ce n'est pas sain.

Maman est acharnée contre les microbes. A la maison, quand un étranger se sert du téléphone, elle attend tout juste qu'il raccroche pour désinfecter l'appareil avec un coton d'eau de Cologne.

Nous avons regardé maman sans comprendre. Et puis ces histoires qu'on raconte, les vers dans la tombe et tout, nous y avons sûrement pensé ensemble, nous nous sommes précipités sur Claire, nous l'avons embrassée fort, très fort, « Claire, ne sois jamais pourrie, je t'en supplie ». Nous nous sommes mis à brailler, c'était encore une manière de retenir Claire, d'appeler Claire. La bonne sœur a surgi immédiatement :

— Voulez-vous bien vous taire, on vous entend du fond du couloir !

Vers midi, elle (la bonne sœur) a expliqué :

— C'est à cause de cette chaleur. Si vous attendez davantage, vous risquez des ennuis.

Elle avait relevé son voile avec une épingle, des perles de sueur brillaient sur son front, son nez, elle n'avait pas l'air vieux. Elle a enlevé la soucoupe d'eau, le buis et les deux cierges, je l'ai aidée à emporter tout ça dans le couloir ; je lui ai demandé :

— On laisse les lys ?

Elle a répondu que les lys appartenaient à la chambre d'à côté. Elle marchait vite, ses souliers de cuir grinçaient.

Quand on m'a opérée de l'appendice, on m'a allongée sur un chariot, recouverte d'un drap blanc, on m'a roulée à travers les couloirs, je riais, je disais « Plus vite, plus vite », j'avais le vertige.

C'est ce qu'ils ont fait pour Claire. Deux infirmiers sont venus avec un chariot qu'ils ont poussé le long du lit de Claire. Ils l'ont soulevée par les épaules et par les pieds, le corps de Claire n'a pas plié au milieu, il est resté droit comme une tige et ils l'ont fait glisser.

Nous nous étions reculés au fond de la chambre pour laisser la place au chariot, papa et maman s'étaient mis devant pour nous empêcher de voir. Papa protégeait maman à deux bras et maman a dit :

— Doucement, oh doucement...

quand ils ont fait retomber Claire. La bonne sœur s'affairait, elle découvrait le matelas, elle déboutonnait la taie d'oreiller; elle a chuchoté en secouant les doigts :

— Dispersez-vous, n'ayez pas l'air de former un cortège.

Nous ne lui avons pas répondu. Maman était penchée sur Claire, à la tête du chariot; elle avait le visage qu'elle prend quand nous sommes malades et elle dit alors :

— Endors-toi, maman est là, elle va prendre tout ton mal.

Et c'est vrai. Nous nous réveillons rafraîchis, maman n'a pas bougé, nous tenons toujours sa main serrée contre notre cœur. Elle a préparé une surprise, des abricots ou une poupée habillée en infirmière. Maman a caressé la joue de Claire avant que la bonne sœur rabatte le drap sur sa figure. Papa a porté Charles qui ne marche pas assez vite et nous sommes partis dans les couloirs. La bonne sœur sautillait devant, sa robe éclaboussait les dalles, d'autres bonnes sœurs étaient plaquées aux murs, elles se signaient à notre passage. Ils ont roulé le chariot dans l'ascenseur et nous sommes descendus à pied, sauf maman qui ne lâchait pas la poignée de fer.

Nous sommes sortis dans le jardin. Au-dessus des massifs de fleurs, le soleil était si haut qu'on ne voyait pas si le ciel était bleu ou blanc, le vent apportait une odeur de goudron et de sable. Le chariot roulait avec difficulté sur le gravier, Claire sautait et maman a posé sa main sur les mains jointes de Claire, on voyait très bien la bosse sous le drap. Olivier grognait :

— J'ai soif, maman, je veux boire.

Maman a dit très bas :

— Tout à l'heure.

Nous sommes arrivés devant l'Annexe, une petite maison à l'écart avec un seul étage. Des hommes habillés en noir avec des pantalons rayés nous attendaient. Ils ont soulevé leurs casquettes et ils ont fait signe d'avancer le chariot comme on guide une voiture pour la rentrer au garage. A l'intérieur, ça sentait bon et frais. Il y avait tant et tant de fleurs, des glaïeuls, des œillets, des lys, des roses, des marguerites, des fleurs uniquement blanches entassées en gerbes, en couronnes, à même les carreaux noirs et blancs du sol. Des chaises de paille étaient rangées contre le mur, comme dans une sacristie. Alain était là, il s'est levé tout droit, le ventre rentré, les mains croisées dessus, on aurait dit qu'il retenait des hoquets. Il a regardé le chariot, il a grandi vers Claire et puis il a fermé les yeux. Ils ont ouvert une porte à deux battants, nous avons vu une pièce brillante, peinte en vert, et sur des tréteaux un cercueil. Claire n'est pourtant pas si grande. Nous avons su tout de suite que c'était un cercueil, un meuble trop neuf, comme un buffet des Galeries Barbès. Valérie a cligné des yeux et deux gouttes ont jailli sur ses joues. Les infirmiers ont poussé papa, maman et Alain à l'intérieur, et nous ont fermé la porte au nez.

Nous sommes restés debout à écouter ce qui se passait derrière, les froissements de draps, le chariot qui a encore grincé, des raclements sur la pierre, des soupirs de déménageurs, une voix qui disait :

— Attention... Hop !

Charles suçait son pouce. Les infirmiers sont ressortis avec le chariot vide, ils ont hoché la tête pour nous saluer et ils sont partis sur la pointe des pieds.

Papa est apparu tout tremblant à la porte, il nous a dit d'entrer. Maman nous tournait le dos, papa l'a touchée pour lui montrer que nous étions là et elle s'est dégagée d'une secousse, sans nous regarder. Alain retenait sa respiration, il ne nous a pas regardés non plus.

Personne ne pouvait plus embrasser Claire. Les parois capitonnées étaient trop hautes. Je ne sais pas qui, des hommes en noir ou des infirmiers, s'était occupé de Claire, mais elle était redevenue comme avant. On avait enlevé le coton autour de sa tête, ses cheveux étaient libres à nouveau, elle portait sa chemise blanche de mariée. Il aurait dû être interdit de regarder Claire faussement endormie, enfermée dans un étui de satin comme dans un ventre de baleine.

J'imagine qu'on est toujours un imbécile devant quelqu'un de mort. Adieu, Claire, à ton dernier visage, comme dit papa. Va-t'en plus vite, va-t'en plus loin puisqu'il ne sert plus à rien que tu sois là. Va-t'en avant que nous ayons honte.

Les hommes en noir ont demandé à papa s'ils pouvaient y aller, papa a baissé la tête, ils ont soulevé le couvercle, ils l'ont ajusté à la caisse, ils ont sorti un bec de cane d'une sacoche, l'un d'eux a mis un masque transparent. Et ils ont soudé Claire.

Quand les étincelles bleues ont commencé, maman nous a tout de suite entraînés dehors. Au soleil, elle s'est recoiffée – elle a des cheveux courts, bruns et blonds à la fois –, elle a pris Olivier et Charles chacun par une main et elle a dit :

— Maintenant, nous allons faire un bon déjeuner, vous voulez bien ?

Claire est venue avec nous. Elle nous a rejoints dans l'allée bordée de buis. Elle portait un sweater de soie jaune décolleté, un pantalon noir à larges jambes flottantes, des sandales dorées italiennes. Ses cheveux coulaient le long de ses bras, ses pas ne faisaient aucun bruit sur le gravier. Le soleil est devenu magistral. J'ai respiré si profond qu'il a éclairé mes poumons, deux cavernes de rubis sombre et j'ai dansé deux ou trois pas. Valérie m'a fait un pinçon tourné, elle a chuchoté :

— Tu es folle ?

La chaleur nous donnait des frissons. Tout ce soleil blanc, soudain, en sortant du pavillon de Claire, retentissait dans la tête. Papa a marché comme Adam chassé du paradis terrestre dans mon livre d'Histoire sainte, les mains jointes sur le visage. J'ai déjà essayé, on voit très bien entre les doigts. Les parents d'Alain se sont avancés vers nous... le vieux monsieur a poussé sa femme avec peine, les roues s'enfonçaient dans le gravier.

La vieille dame est tellement grosse qu'elle ne se lèvera plus jamais. Elle vit dans un fauteuil à chaîne de bicyclette qui roule même dans les escaliers. Quand elle s'ennuie, elle frappe le plancher avec sa canne et on lui monte des tartines de foie gras.

Elle dit qu'autrefois sa taille était si fine que Claire ne pourrait pas entrer dans son corset de mariée. Ses yeux pleuraient des larmes bleues. Elle a voulu nous embrasser, le vieux monsieur aussi. D'habitude, maman ne veut pas, il a un bobo à la lèvre, on ne sait jamais, c'est peut-être un cancer.

Ils nous ont dit qu'ils aimaient beaucoup Claire. En parlant d'elle, ils l'appelaient « votre pauvre sœur ». Ils ont émis la supposition que nous devions être bien malheureux. Surtout maman. Le vieux monsieur a tapoté maman et, tourné vers papa, il a suggéré qu'il y avait malgré tout pire que de perdre son enfant : perdre son mari. La vieille dame a protesté ; elle a dit :

— Ah non, alors, Fernand.

Le père d'Alain a posé la main sur la monture de ses lunettes pour la dévisager. Au milieu de notre silence, nous entendions les oiseaux, ils chantaient beaucoup plus fort que d'habitude. Maman a eu vers papa un mouvement pour lui prendre la main. Et Claire est passée entre nous. Papa a eu un air d'incrédulité totale, ses yeux se sont couverts de larmes. La mère d'Alain a tendu le cou vers maman, elle a soufflé :

— Heureusement, Véronique, il vous en reste encore quatre.

— Je vous en prie, a dit maman d'une voix épuisée.

Si Claire a des cheveux bais, des lèvres pleines sans que les dents du haut soient plus recouvertes, c'est que je la regarde.

Ce n'était pas un bon déjeuner comme l'avait promis maman, c'étaient des nouilles, les mêmes nouilles que nous mangeons en septembre quand nous rentrons sous la pluie, avec l'odeur des livres de classe mouillés. Maman a obligé Olivier et Charles à prendre un bain et à mettre leurs pyjamas. En plein après-midi, ça alors. Nous avons déjeuné sur la table nue, sans nappe, c'était la première fois.

Le front sur la table, j'ai joué au cheval qu'on va abattre d'un coup de revolver ; Valérie a dit :

— Oh, cesse de faire ton intéressante.

Elle s'est mise brusquement à sangloter. Les bruits qu'elle faisait paraissaient sortir de son estomac. Maman nous regardait. On voyait bien qu'elle voulait nous aimer mais personne n'aurait osé la toucher et, d'ailleurs, elle n'a même pas entendu Valérie pleurnicher. Papa non plus ne s'occupait pas de nous. Il ruminait des petits-beurres qu'il trempait dans de la marmelade d'orange, comme aux jours où il a mal digéré. D'habitude, maman lui dit :

— Voilà que tu commences à imiter ton pauvre père.

Grand-père préférait Claire à nous tous. Il l'emmenait toujours avec lui quand il partait en cure à Châtelguyon et elle jouait à la roulette au Casino et il lui a donné les boucles d'émeraude de grand-mère numéro un. Il disait à Claire :

— Tu peux venir sur mes genoux tant que tu n'as pas dix-huit ans.

Et même quand elle a eu dix-huit ans, il continuait à lui dire « tant que tu n'as pas dix-huit ans ». Grand-père n'aura pas la joie d'avoir de la peine, il est mort. Je m'en souviens très bien parce que c'était le jour de mon anniversaire et je n'ai pas eu de cadeau. Grand-père était couché presque assis dans son lit et il respirait avec une espèce de poire en caoutchouc sifflante. Maman nous a envoyés au Bois avec Henriette et quand nous sommes revenus, il était mort. Enfin, on nous l'a dit et tante Rébecca nous a emmenés à la campagne et nous avons mangé des frites tous les jours jusqu'à ce que maman arrive et nous force à prendre une cuillerée d'huile de ricin chacun, Olivier, Charles et moi. Elle a installé deux pots de chambre dans les petits coins, moi j'étais sur le trône comme dit Henriette, et pendant toute la matinée on s'est amusés tous les trois à faire le plus de bruits possible, un concours, quoi, pour voir celui qui imiterait le mieux grand-père. Olivier et moi avons trouvé un nom pour appeler grand-père sans que personne comprenne, c'était Pompom II, à cause d'un chat que nous avions autrefois et qui avait toujours la colique, comme lui.

Et puis les gens sont venus en colonne par le grand escalier rouge où les glaces montent jusqu'au plafond. Ils ont sonné un par un, ils avaient mis leurs vêtements noirs et leurs voix pleines de deuil chuchotaient contre les murs comme dans les maisons abandonnées.

Maman était tombée malade après le déjeuner. Elle avait pris une forme de tombeau, couchée dans le grand lit de papa, les yeux renversés au plafond. Papa frôlait ses chevilles avec une main et elle tressaillait et criait :

— Qu'y a-t-il ?

Les gens étaient intéressés par la maladie de maman, ils demandaient à la voir, ils s'appuyaient un instant au chambranle de la porte de sa chambre, ils la considéraient en hochant la tête et ils se retiraient en faisant craquer leurs chaussures. Ils craquaient ainsi tout le long du corridor, avec des regards prudents, comme s'ils traversaient une route d'embûches. Ils ne reprenaient leurs voix qu'à l'abri du bureau de papa.

Je m'asseyais en face d'eux, grave j'espère, attendant leurs questions. Grand-mère Cartet, pour se rendre utile, avait enfermé Olivier et Charles dans la salle à manger. Elle tricotait en se balançant, ses cheveux moussaient en mauve contre les rideaux safran. Olivier et Charles faisaient le camion sous la table, mais tout doucement, comme s'ils n'avaient que deux vitesses. Je ne sais pas ce que nous attendions. N'importe quoi, un chant de flûte dans les roseaux. Nous n'avions plus de peine mais nos gestes, nos paroles obéissaient à une sorte de prudence qui nous aurait conseillé le silence, le secret.

Mme Humbert ou Mme Sarthe, leurs maris derrière elles et leurs filles pas mariées, sonnaient un coup bref, par discrétion. Je courais dans l'entrée pour être la première à la porte, et puis j'écartais lentement le battant et je les regardais dans les yeux. Elles disaient :

— Pauvre petite fille...

et je me reculais avant qu'elles touchent mon menton ou ma joue. Je les précédais dans le bureau de papa, j'installais la dame dans le fauteuil de velours or qui sent la poussière et les autres s'asseyaient, les mains posées sur leurs genoux, sur les minces chaises Empire qui obligent tout le monde à se tenir droit. Je m'asseyais moi-même sous les portraits jumeaux du maréchal Pétain et du général de Gaulle et mes jambes apparaissaient trop nues, ma robe trop vive avec ses rayures vertes et roses. Je n'arrivais pas à imaginer qu'un malheur s'était abattu sur nous et que les gens venaient offrir leur compassion, attendant que nous leur rendions la pareille quand le moment serait venu pour eux de souffrir.

On dit que la peau des lépreux perd toute sensibilité, qu'ils peuvent se brûler et l'ignorer jusqu'à ce que leurs yeux le voient et qu'ils apprennent ainsi leur blessure.

J'ai peur d'être lépreuse, je ne souffre jamais. Parfois, cela m'inquiète et je m'estafilade les cuisses avec une lame de rasoir. Je regarde ces grandes lignes rouges sous ma jupe et je suis assez fière. Maman les a vues un jour où je me suis assise en tourbillonnant. Elle m'a embrassée avec une certaine émotion et je l'ai entendue raconter à grand-mère que je me mortifiais. Je ne comprenais pas ce qu'il y avait de si grave dans la mort de Claire. Elle n'était pas là mais c'est arrivé souvent.

Les gens qui venaient en visite cachaient mal leur déception de me voir seulement et non un échantillon plus grand de notre famille en deuil. J'offrais quand même de l'intérêt parce qu'ils ne me connaissaient pas, pendant toutes ces années j'étais en pension. Je n'avais pas l'air assez triste, ils me regardaient avec blâme – mes jambes trop nues, ma robe trop vive – on aurait dû me gronder peut-être. Ils insistaient pour voir mon père. Papa était occupé avec les gens des pompes funèbres. Et ma mère ? Je les emmenais jeter un coup d'œil sur maman couchée. Ils demandaient :

— Et votre pauvre sœur ?

Valérie était sortie faire des courses d'enterrement. Alors ils voulaient entendre raconter comment Claire était morte.

Nous savons tout par cœur. Dimanche matin, Claire est partie chez des amis. Quels amis ? Je ne connais pas les amis de Claire. On sait qu'elle était seule, des témoins l'ont vue. Elle a descendu un sentier à bicyclette, un sentier bordé d'aubépines, en lâchant les mains. Claire lâche toujours les mains à bicyclette. Elle a dit bonjour à quelqu'un. Elle lui a dit adieu plusieurs fois.

Elle est arrivée assez vite, ont dit les témoins, au grand carrefour sur lequel débouche la route nationale. Pas encore visible, la voiture qui allait l'écraser sortait d'un chemin vicinal, a brûlé le stop. Alors l'homme au volant a vu Claire, il l'a dit aux gendarmes. C'était un marchand de cochons, enfin, un représentant en cochons.

— En cochons ? a dit Mme Sarthe, quelle horreur.

Il a vu Claire décrire une large courbe et traverser le carrefour. D'abord il a pensé qu'il passerait à gauche de

Claire, pour obéir au code de la route. Puis il a jugé prudent de faire un écart vers la droite pour laisser à Claire le temps de gagner le bas-côté. A cet instant, Claire l'a vu. Elle a hésité. A droite. A gauche. Ils étaient encore loin l'un de l'autre, à peu près face à face. Il n'y avait pas de danger, il faisait très beau. A cet endroit, le carrefour de la route nationale est grand comme la place d'une église. Ils étaient seuls, Claire à bicyclette, le marchand de cochons dans sa Chevrolet 40 CV. Les témoins ont raconté qu'ils n'avaient pas cessé de se chercher, zigzaguant à la rencontre l'un de l'autre, comme deux passants se heurtent sur un trottoir en ayant cru s'éviter.

La voiture a soulevé Claire par son aile gauche. Claire a bondi par-dessus le capot et elle est retombée cassée. La bicyclette aussi.

— Alors, alors ? a dit Mme Humbert.

J'ai inventé. Claire n'avait pas mal du tout. Elle était seulement étonnée d'être étendue à terre. Elle a même fait remarquer au marchand de cochons, avec un petit sourire effrayé :

— On dirait que je n'ai rien de cassé, j'ai eu peur.

Mais elle ne pouvait pas remuer la tête. Forcément, avec la nuque brisée. Alors elle n'a pas vu le sang qui glissait sous elle, sous ses épaules, sous sa jambe pliée. Le marchand de cochons était penché sur elle, il était très rouge, il s'épongeait le front, quand il parlait des petites bulles blanches se formaient à la commissure de ses lèvres. Les gens de la terrasse du café se sont précipités et le marchand de cochons leur a dit :

— Quelle histoire, mais quelle histoire, ça va me coûter cher.

Claire s'est plainte d'avoir mal à la tête. Le marchand de cochons a dit :

— Mais c'est qu'elle est bien touchée, on dirait.

Il a examiné la peinture de son aile avant gauche qui était à peine écaillée. Pendant ce temps, le regard de Claire s'est terni et personne au monde ne sait ce qu'elle a pu penser. Sauf moi.

Elle est d'abord tombée à la renverse dans un escalier frais et rempli de plumes. Quand sa chute a été accomplie, elle reposait en pleine douceur et elle a su qu'elle allait mourir. Elle a un peu pleuré, comme font les enfants qu'on enferme dans le noir mais qui n'ont pas vraiment peur. Elle a eu pitié d'elle, elle a eu pitié de nos parents, pas de nous : elle sait bien qu'entre frères et sœurs on ne s'aime pas tellement quand on est jeunes. Elle n'a pas pensé du tout à Alain. Elle a eu pitié du ciel, de tous les soleils possibles, mais elle a été très vite d'accord pour mourir.

Mme Humbert s'est mise à pleurer. Elle a pleuré pour de bon, pas par politesse, elle s'est levée, elle m'a prise dans ses bras et j'ai compris que la tristesse est le commencement de l'amour de ce qu'on ignore.

Et puis j'en ai eu assez de raconter Claire aux gens. Je n'ai plus voulu répondre quand on sonnait à la porte. Grand-mère a dit :

— Voyons, ma chérie, cela t'amusait tellement tout à l'heure ?

Olivier et Charles étaient à quatre pattes sous la table, ils ne jouaient plus à rien, ils regardaient sous la jupe de grand-mère.

Nous avons entendu la clé de papa dans la serrure et nous avons couru vers lui pour échapper à grand-mère.

Papa était en noir maintenant, il ne nous ressemblait plus. Il nous a embrassés en piquant, il a pris Olivier et Charles chacun sur un bras et il a été les déposer sur maman, dans son lit. Maman n'a pas ouvert les yeux, elle les a serrés contre elle. Charles s'est blotti dans maman, il s'est mis à sucer son pouce. Grand-mère a suivi, elle voulait récupérer Olivier et Charles. Grand-mère n'est pas capable de nous laisser tranquilles. Quand nous sommes assis dans un fauteuil, même s'il y a quatre autres fauteuils libres, elle dit :

— Veux-tu bien te lever et donner ton siège à ta grand-mère.

Claire secoue la tête et ses cheveux dansent comme des serpents. A la campagne, elle grimpe sur le toit par la fenêtre du grenier. Elle se promène sur l'arête en ouvrant ses bras en ailes, elle appelle :

— Grand-mère... Hou-hou...

Grand-mère sortait sur la pelouse, devant la maison, elle arrivait à peine à tordre son cou en l'air :

— Fais-moi le plaisir de descendre tout de suite. Tout de suite, tu entends ?

Claire rit et l'écho aussi. Grand-mère se fâchait :

— A ce petit jeu-là, tu finiras par te tuer.

Claire répond que cela lui est bien égal. Grand-mère haussait les épaules :

— Tu seras bien avancée quand tu seras morte.

— Plus que toi, dit Claire.

La journée a reculé sans fin, comme la lumière qu'on regarde par le petit bout d'un entonnoir. Le soir, nous avons fait une répétition générale sans Claire. C'est-à-dire que les gens des derniers temps étaient là, Alain, son père et sa mère, notre grand-mère plus nous tous, sauf Claire évidemment. Tout le monde était en vêtements de cérémonie, même moi qui avais une robe noire. Je ne veux pas manquer de respect à Claire, mais j'étais contente. J'avais l'air d'une jeune fille, de loin. Je me suis regardée sombrement dans les grandes glaces de l'entrée et Alain a dit :

— Tu es presque prête à danser l'année prochaine, maintenant.

Valérie a grimacé :

— Et elle leur écrasera les pieds comme une gourde.

Alain m'a caressé la joue :

— Ce n'est pas pour ses pieds que les garçons l'inviteront.

J'ai pris la main d'Alain, je l'ai posée autour de mes épaules et je me suis tenue contre lui et nous avons regardé Valérie jusqu'à ce qu'elle parte. Et puis Alain s'est accroupi devant moi, il m'a écartée au bout de ses bras, j'ai vu ses taches de rousseur et ses yeux tout doux. Mon cœur battait dans mes oreilles, Claire était là, tout près, comme dans les légendes il ne fallait pas se retourner ou elle partirait.

— Sais-tu, a dit Alain, que tu lui ressembles ?

— Oh non, ai-je dit avec beaucoup d'espoir.

Alain a touché mon visage partout avec un doigt :

— Les sourcils, le front, le nez...

— Les jambes, ai-je dit très vite, les jambes et les mains.

— Et là-dedans, a dit Alain en touchant mon front, qu'y aura-t-il plus tard ?

J'ai répondu sans le faire exprès :

— Une jeune fille morte.

J'étais bien embêtée. Alain m'a enfouie contre lui, il répétait : « Chut, chut. » Je lui ai demandé :

— Tu aimes encore Claire, Alain ?

— Bien sûr, a dit Alain, bien sûr, tu oublieras comme nous oublierons tous.

— Tu te marieras quand même ?

— Ecoute, a dit Alain, nous sommes tous bouleversés pour l'instant.

J'ai haussé les épaules. Ils m'énervent à faire un drame de la mort. J'ai entraîné Alain dans ma chambre pour lui montrer un secret que personne ne connaît, mes soldats du Viêt-nam. Je les ai découpés dans *Match*, j'en ai onze, ils dorment dans toutes les positions, du sang plein la figure. Alain a pris une tête de parent :

— C'est très mal d'être aussi morbide, tu ferais mieux de jouer avec des poupées.

Je lui ai expliqué que mes soldats étaient bien mieux que des poupées. C'étaient des vivants morts. Comme Claire.

Le dîner a été très pieux. C'est grand-mère qui a commencé. Elle a piqué le nez dans son potage aux champignons et elle a murmuré :

— Le Seigneur l'ayant regardée l'aima et lui dit : « Viens. »

Les ex-futurs beaux-parents de Claire ont répondu poliment :

— Ainsi soit-il.

Maman était à nouveau gênante, elle souriait sans cesse. Ses lèvres étaient enflées, elle parlait seulement avec ses yeux, je veux dire qu'elle proposait les plats sans voix, mais on devinait qu'elle s'imaginait prononcer des mots. Alors nous répondions tout bas « Merci beaucoup » pour ne pas la réveiller. Papa ne mangeait pas. Il était courbé sur son assiette et il fixait la salière. A un moment il s'est mis à fredonner « Mes sabots sont rouges, adieux mes amours, adieu pour toujours », une petite chanson que Claire chantait parfois. Et puis il nous a regardés, il ne nous a pas vus et il s'est tu. Nous ne savions plus où nous mettre. Olivier donnait des coups de pied dans la table, on voyait seulement son crâne à poux. Valérie lui lançait des sales coups d'œil, mais elle n'osait pas être méchante pour faire bonne impression sur Alain. La vieille dame et grand-mère se racontaient le total des jours d'indulgence qu'elles avaient organisés pour Claire en récitant des prières spéciales.

— Mais elle n'en a pas besoin, a conclu grand-mère, elle est un ange parmi les anges.

Au rôti, grand-mère s'est assurée auprès de maman qu'Henriette n'assisterait pas à l'enterrement, elle pleurerait sûrement trop fort et les gens pourraient croire qu'elle appartient à la famille. Entre les rideaux safran, le ciel était violet.

— Demain, a dit le vieux monsieur, il y aura une fête au ciel pour Claire.

Dieu, s'il vous plaît, faites qu'il n'y ait pas de paradis, faites que les prières soient des blagues et qu'on soit délivré des autres quand on est mort.

Pendant que nous mangions le fromage, Claire se défaisait, soudée au plomb dans la boîte sans air et son menton formerait un angle de plus en plus aigu avec son cou, jusqu'à rejoindre par une ligne brisée enfin visible sa nuque et le chapelet d'osselets de sa colonne vertébrale.

Je suis toujours première en anatomie. Je préfère cette vue intégrale de nos corps, le squelette, à la floraison de nos chairs. J'ai donné à mes soldats du Viêt-nam des noms nobles, ils s'appellent Radius, Cubitus, Humérus, Trochanter, on dirait des noms d'empereurs romains. Claire a commencé l'aventure de la plus grande légèreté. Plus tard, nous aurons le même âge et je connaîtrai ses secrets.

Je ne pleure jamais, c'est facile, il n'y a qu'à crisper les doigts de pied dans ses chaussures. Je n'ai pas pris de roquefort à cause des vers possibles. Maman a eu le regard brillant de quelqu'un plein de joie : « Claire, a-t-elle dit, à six ans, se jetait sur le camembert. » Ça y est. Pour maman, Claire redevient une petite fille qui perd sa première dent de lait et qui la cache sous son oreiller pour que la souris magique la transforme en cadeau. Bientôt, pour maman, Claire sera son deuxième bébé mis au monde et bientôt encore maman préférera être enceinte de Claire et rêver d'espérances aussi longues que la vie. Maman dit qu'elle n'est jamais aussi heureuse qu'avec un bébé dans les bras. L'ennui c'est que, en grandissant, nous l'encombrons et elle doit nous reposer à terre.

Demain, maman va reposer Claire en terre.

Papa nous aime en bloc, pas en particulier. Nous sommes pour lui un seul enfant divisé en quatre, plus Claire. Alors, le matin de l'enterrement de Claire il n'a pas fait attention à nous, sauf pour s'énerver contre Valérie qui lui avait emprunté son rasoir pour s'épiler les jambes. Il a été prêt beaucoup trop tôt et il a passé son temps d'avance à fermer les volets de l'appartement et à mettre les fenêtres dans l'espagnolette sous les rideaux tirés ; il a coupé aussi les compteurs électriques et à gaz, comme si nous partions pour une longue absence.

Il portait l'habit qu'il aurait mis pour conduire Claire à l'autel et une perle plantée dans sa cravate grise. Maman lui a mis de l'albuplast parce qu'il s'était coupé sous le menton, elle a dit qu'elle le lui enlèverait juste avant d'arriver à la clinique.

Maman était belle. Elle n'était plus notre mère habituelle. Elle était très haute, transparente à travers ses voiles noirs, avec un visage de fleur, deux pétales bleu fixe pour les yeux, un pétale vif ardent pour la bouche. Nous ne pouvions pas l'embrasser. Elle nous a passés en revue dans l'entrée avant de partir. Toutes nos chaussures brillaient. On avait mis à Olivier son pantalon de première communion et un brassard noir sur sa chemise. Charles pleurait tout bas parce qu'il avait une culotte à bretelles blanche et qu'il voulait un pantalon comme Olivier, mais maman lui a dit que le blanc était la couleur de deuil des Chinois et il a été content.

Je ne sais pas comment dire, mais nous n'étions pas une famille ce matin-là, nous ne pouvions ni nous parler ni nous toucher.

Sous la voûte de l'immeuble, les concierges et les commerçants du quartier s'étaient rangés pour nous voir de près. La porte cochère était drapée de noir, avec notre initiale au fronton et j'ai eu honte, comme si notre maison était marquée d'un signe infamant. Papa et maman sont partis avec grand-mère qui était déjà montée dans la voiture, bien arrangée par Henriette, ses plumes noires bien droites sur son chapeau et tout. Nous avons suivi dans la voiture de tante Rébecca, une voiture gaie avec toujours des papiers de bonbons et des magazines partout. Sur l'autoroute, elle nous a demandé si nous avions pensé à faire pipi parce que la cérémonie serait longue. Elle nous a aussi proposé des croissants, elle était sûre que nous n'avions rien dans le ventre mais nous ne voulions pas de miettes graisseuses. Le nez contre les vitres, nous regardions les champs d'avoine, les avions géométriques et tout était à des distances considérables. Nous avions un peu froid malgré la chaleur montante, et quand il nous arrivait de bâiller les larmes nous brouillaient la vue.

Il y avait tellement de voitures en bas de la clinique de Claire que nous avons dû faire le reste du chemin à pied.

— Rien de tel qu'un beau soleil pour réussir un enterrement, a dit tante Rébecca, dans les romans comme dans la vie. Quand il pleut, les gens ne se dérangent pas.

Elle a fait des signes, à droite, à gauche, en reconnaissance d'amis à elle. Tout le monde voulait nous voir mais nous avions hâte de retrouver papa et maman et nous avons marché très vite, en baissant la tête.

C'étaient nos petits parents chéris, ils se tenaient par la main et nous nous sommes alignés derrière eux, et alors le carrosse est arrivé : un carrosse blanc tiré par quatre chevaux, trois blancs et un noir. Maman a étouffé une plainte avec sa main ; elle a dit :

— Non, Jérôme, pas un noir, ce n'est pas possible.

Papa a été parlementer avec les beaux cochers, ils ont longuement hoché la tête et, pour finir, l'un d'eux est rentré dans l'Annexe où ils avaient enfourné Claire, deux ou trois jours auparavant. Il est revenu avec une robe d'ornement pour le cheval. Et le cheval noir est devenu blanc.

— C'est bien, a dit maman.

Elle s'est retournée vers nous ; elle nous a dit :

— Je vous aime, je vous aime, je vous aime.

Et sans bouger, nous avons bondi vers elle, nous avons espéré être une portée de kangourous blottis dans sa poche, mais nous n'avons rien dit parce que nous avions juré, même Charles, d'être dignes. Maman nous l'avait demandé la nuit d'avant, en nous bordant. Elle aurait préféré que nous ne venions pas à l'enterrement et que nous pensions seulement à Claire de temps à autre, pendant nos jeux le jour, pendant nos rêves la nuit, sans chagrin, sans peine. Elle nous parlait bas pour que les gens n'entendent pas ; elle nous a dit encore :

— Vous êtes mes enfants magnifiques, j'ai tant de chance de vous avoir, j'ai tant de chance que l'un de vous soit déjà au ciel.

Et puis nous avons entendu le silence. Nous ne nous étions pas aperçus du silence avant que les hommes en noir aient sorti le cercueil de Claire. Ils l'ont posé dans le carrosse et ils ont fait la chaîne depuis la porte de l'Annexe pour se passer les couronnes. Des lys, des marguerites, des glaïeuls, des roses blanches. Surtout des lys. Un étouffement de lys, on aurait pu tresser des guirlandes aux chevaux et répandre les autres par terre pour faire un chemin de fleurs comme dans cette histoire d'Hosanna.

Alain s'est avancé tout seul, sévèrement noir ; il portait dans ses bras la corbeille de mariée de Claire et l'a posée au sommet de la montagne, puis il est venu se ranger de notre côté.

Les gens, loin derrière nous, ont commencé à avancer en piétinant, nous le savions sans nous retourner parce que le bruit de leurs pas était différent quand ils gagnaient le gravier.

Le moment est venu. Un suisse d'église nous a séparés, papa, Olivier, Charles et Alain sur une ligne derrière le carrosse, maman, Valérie et moi au second rang. Grand-mère et les vieux parents d'Alain n'étaient pas avec nous, papa avait dit que leurs jambes ne tiendraient pas et tante Rébecca devait les conduire en voiture.

Les chevaux ont tiré la tête en avant et le chargement de fleurs s'est ébranlé. Nous avons marché comme s'il y avait eu de la musique, très lentement, avec beaucoup d'honneur partout, dans le soleil et les balancements du carrosse et les chevaux blancs et nos cœurs légers qui apprenaient la vraie vie. Claire n'a pas fait exploser les fleurs, mais elle a allumé le soleil sous nos pas. Maman avait raison, nous aurions dû former une ronde et rire autour du carrosse et puis nous nous serions battus avec les fleurs, nous les aurions lancées par-dessus nos têtes et quand le cercueil aurait été dégagé, nous aurions réveillé Claire de force, nous nous serions couchés chacun à notre tour dans cette espèce d'étui de satin et on se serait bien amusés. Souvent, Olivier, Charles et moi, quand tout le monde dort, nous jouons au mort. Le cadavre se couche tranquille, nous le recouvrons d'un drap et nous allumons quatre bougies aux coins du lit. On lui plante une autre bougie sur le ventre et si la flamme bouge il n'est pas vraiment mort, et on le torture en le pinçant et en le griffant là où ça fait mal quand on est vivant. S'il est mort pour de bon, on l'embrasse tendrement, on lui caresse les cheveux et on lui récite : « Comme tu es heureux maintenant que tu es en sécurité. Tout lieu que foulera la plante de ton pied, nous te le donnons, depuis le désert jusqu'à la grande mer sous le soleil couchant. »

On voit bien, derrière ses paupières qui frémissent, que le mort est content.

En haut de la colline, les cloches de l'église se sont mises à sonner, un son couleur de glaise, profond comme un volcan et j'ai eu mal de bonheur. Le carrosse balançait son chargement de fleurs, les chevaux dansaient presque et papa a pris Olivier et Charles par la main. Je savais que les lèvres de maman tremblaient de sourire.

Vivre et merveilleusement mourir comme Claire sous ses fleurs, existant sous ses fleurs. Les lignes télégraphiques montaient et descendaient, les arbres grandissaient avant de basculer et la poussière du chemin montait en stries lumineuses et le cheval de droite levait joyeusement la tête, hennissait un appel. Je me suis retournée, le cortège plus ou moins noir traînait dans la chaleur et sur la longue route les voitures glissaient lentement, une à une. Dommage qu'il ait fallu tirer tous ces gens derrière nous.

Il y a eu les portes ouvertes à deux battants sur le vide de l'église. Nous ne pouvions plus reculer. Les chevaux ont lâché des crottins dorés au bas des marches. Les beaux cochers ont à nouveau ôté leurs chapeaux, ils ont écarté les fleurs et Claire a été transportée en triomphe devant l'autel et la musique des orgues était comme une foule applaudissant. On nous a mis sur des prie-Dieu d'honneur, papa, Olivier, Charles et Alain d'un côté, maman, Valérie, moi et tante Rébecca de l'autre, plus grand-mère qui nous a rejoints en cahotant le long de l'allée centrale.

Les enfants de chœur ont réglé la chaîne d'argent de l'encensoir et quand la rumeur des gens qui s'entassaient entre les bancs s'est calmée, la punition a commencé.

Ils ont tracé des cercles autour de Claire, à force de prières et d'encens, ils ont fait jaillir la musique comme une seconde voûte de pierre et ils ont appelé Dieu si fort que nous avions la chair de poule.

Grand-mère a dit que nous allions attraper un chaud

et froid après le soleil du dehors, mais si elle mourait vraiment il était trop tard de toute manière. J'ai rêvé un peu que grand-mère était couchée à la place de Claire, sous les ornements blancs, et j'ai eu très envie de pleurer.

Je regardais de côté, comme seuls les chevaux peuvent le faire, maman cillait loin au-dessus des cierges et les petites flammes se rétrécissaient dans ses yeux. Grand-mère parlait à son chapelet, elle prie toujours en tirailleur, elle récite son chapelet à la messe et elle lit la messe dans sa chambre. Olivier et Charles étaient formidablement dignes, ils devaient avoir bien mal au cou. Valérie faisait sa figure des moments où elle se croit belle, elle se mordait l'intérieur des joues pour avoir des creux intéressants dans la mâchoire. Valérie nous déteste. Elle a caché sous son matelas la première robe du soir de Claire et Claire n'a pu sortir pour la première fois avec Alain et elle a crié « C'est injuste, injuste » et même, elle s'est enfuie dans la rue sans manteau, pleurant à voix saccadée et maman l'a rattrapée sur le trottoir, l'a giflée pour la faire rentrer à la maison. Maintenant, Claire a été descendue du carrosse pendant que le cheval de gauche, celui qui a des tumeurs aux jambes, baissait la tête avec majesté et que le cheval de droite secouait joyeusement sa crinière, hennissait un appel.

Maintenant, si j'étais un jeune homme, je dirais à Claire :

— Désormais, tu es pâle et je t'aime.

Et Claire sortirait de l'ombre, elle apparaîtrait vierge souveraine, Jérusalem vivante, beauté d'Israël, espoir dans la nuit et, à chaque matin de malheur, à chaque soir d'angoisse, nous répéterions combien nous sommes heureux, combien notre part est belle. C'est ce que nous a raconté le chanoine Maillart. Il nous a dit de nous mettre à genoux et nous avons veillé sur Claire qui nous faisait souffrir.

On l'a aspergée aux quatre points cardinaux et on en a fait un cadavre. Il n'y a pas d'autre explication. Le chanoine nous a dit une fois de plus de remercier Dieu du bien qu'il nous envoyait en taisant poliment le mal dont il ne nous a pas préservés.

Ils ont encore ouvert les grandes orgues et le suisse à hallebarde nous a conduits dans le bas-côté et les gens ont fait la queue pour nous féliciter de ce que la cérémonie avait bien réussi et que Claire était devenue une chose blanche et dure dans un cercueil.

Alain était le seul à regarder les gens en face, à scander leurs paroles de compassion avec des gestes de résignation – et, même, je l'ai entendu répondre à Mme Humbert que la volonté de Dieu soit faite. Valérie l'a regardé avec des yeux trempés, comme s'il lui avait promis des récompenses après la mort de Claire.

Nous sommes restés dignes jusqu'au bout, mais le malheur nous montait à la tête parce que tout le monde priait pour que nous soyons malheureux. Il ne fallait pas penser à Claire sous les étendards blancs. Trop tard. Trop tard, c'est ce que voulaient les gens en nous soufflant « Courage ! » en pleine figure, en nous embrassant de force. Même Charles l'a compris, il a eu peur, il s'est mis à appeler maman. Maman n'a pas répondu, elle ne pouvait pas, pour rester digne ; alors Charles – il devait bien sentir que c'était défendu – a crié :

— Claire, Claire...

Je lui ai donné un coup de pied ; Valérie lui a dit :

— Tais-toi, elle va revenir,

rien que pour le faire taire. Et les personnes les plus proches se sont émues.

Quand les derniers traînards ont défilé, papa a relevé le voile noir de maman, il a pris son visage entre ses mains et il l'a embrassée, comme au jour de leur mariage, sur la photo où il relève son voile blanc et où elle le regarde très fort sur la bouche.

Sur une autre photo, papa et maman se tiennent enlacés sur la terrasse, à la campagne, ils rient et papa a écrit en légende : « Et de deux ! » Il paraît que maman attend Claire sur cette photo, mais Claire est complètement invisible.

Dehors, au bas des marches, le carrosse avait disparu, les chevaux et les cochers aussi. Nous sommes sortis orphelins de l'église, même papa et maman, et nous avons eu l'air pauvre au soleil, on le voyait à la tête des gens en groupes sur le parvis qui parlaient de nous par en dessous.

Ils ont poussé le cercueil dans un fourgon avec le minimum de fleurs, plus papa et maman à l'avant, ils ont claqué les portières et ils ont démarré. Alain a suivi avec ses vieux parents. La pauvre grosse dame avait attendu tout ce temps dans la voiture parce qu'on n'avait pas transporté son fauteuil, mais on lui avait laissé un paquet de petits-beurres et elle avait bien grignoté.

Nous sommes remontés avec ma tante et beaucoup d'autres voitures ont démarré à leur tour. Nous sommes ainsi partis en long cortège derrière Claire, vers une autre campagne que nous ne connaissions pas, où sont enterrés les anciens membres de notre famille, nos deux grands-pères et notre grand-mère numéro un.

Il paraît que pour faire de la place à Claire, il a fallu

transvaser grand-mère dans grand-père. Il ne restait de notre jeune grand-mère que les plis démodés de la robe bleue dont on l'a revêtue quand papa est né, quand elle est morte. A l'air libre ils ont voltigé en poussière et, à part la toute petite mâchoire, on n'a mis à côté de grand-père qu'une pincée de souvenirs. Papa l'a raconté à maman devant nous. Tant mieux pour Claire, tant mieux pour l'espoir s'il est vrai que nous devenons seulement un souffle frémissant et non des créatures enfermées pour toujours sous la voûte d'un jardin.

C'est à cela que je pensais, regardant sans jamais détourner les yeux le fourgon qui emmenait Claire coincée dans la boîte. Claire indifférente et perdue, ses cheveux pâles pliés sous sa nuque et son corps allongé dans sa chemise de mariée, brinquebalant aux cahots de la route.

Claire et ses blessures inutiles. Claire qui avait plongé dans l'inconnu d'un grand coup de reins par-dessus le capot d'une voiture. Je l'ai appelée de toutes mes forces, derrière mes paupières serrées :

— Claire, tue-moi, moi aussi je veux vivre à la mesure de l'univers, moi aussi je veux grandir et m'enfuir, Claire, Claire...

Et je l'ai sentie chaude autour de moi, sur mon visage, mes bras nus, elle a commencé à bouger tout doucement dans mon ventre, ma tante a arrêté la voiture en vitesse, je me suis pliée dans l'herbe et les vagues amères et brûlantes sont sorties de ma bouche et j'ai écouté tout ce que j'ai failli entendre et qui est incommunicable à jamais.

Depuis, chaque fois que je pense trop fort à Claire, je vomis. Valérie dit que je n'ai qu'à me promener avec une serpillière. Elle est jalouse que cela ne lui soit pas arrivé à elle.

Après que j'ai été malade au bord de l'herbe, nous avons tous été soulagés. Tante Rébecca m'a fait monter devant, sous le coude pointu de grand-mère et elle m'a permis d'avaler une bouffée de sa cigarette pour me changer de goût. Elle fume en respirant à travers sa cigarette et le tuyau de cendre s'allonge fragilement, puis s'éparpille sur ses pull-overs. Elle conduit comme les coureurs, allongée sous son volant, ses cheveux roux lui entrent dans les yeux, frappés par le vent, et deux belles rides écartent son sourire.

Elle a failli avoir un mari qui lui a pris ses tapis et son argenterie, c'est tout ce que je sais. Depuis, elle ramasse les autostoppeurs sur la route – j'ai entendu maman en parler avec grand-mère – et on ne l'invite jamais aux réceptions à la maison.

Elle a tourné le bouton de la radio et nous avons entendu des guitares pour gens heureux, des gens qui se seraient accroché aux oreilles les cerises du dessert et qui auraient bu lentement du vin sous des parasols orange.

— Ferme ça, a glapi Valérie, tu n'as aucune pudeur.

— Ne me fais pas rigoler, a dit ma tante.

— Voyons, Rébecca, a dit grand-mère, respecte les convenances.

Ma tante a changé de vitesse et, à grands coups d'accélérateur, elle a remonté la file de voitures qui nous avait dépassés pendant notre arrêt dans l'herbe. Olivier et Charles se sont réveillés, ils se sont dressés à quatre pattes par-dessus Valérie et ils ont fait pim-pom, pim-pom à tue-tête plus fort que les guitares, et le vent des voyages nous a emportés derrière le fourgon qui filait son chemin dans la campagne ouverte. Le soleil tombait toujours et des flots de chaleur inondaient le goudron. Nous sommes redevenus intimidés.

— Vivement que tout finisse, a dit tante Rébecca.

Dès qu'elle a coupé le moteur, nous avons eu peur. Même sans nous presser il ne nous restait plus que quelques minutes à nous occuper de Claire, nous l'avons su tout de suite.

Ils ont déchargé le cercueil. Le chanoine était déjà planté avec sa croix entre les grilles. Nous n'avions pas envie de descendre. Même grand-mère se taisait. On entendait les grillons et on sentait l'herbe chaude. Maman est venue à nous d'un pas normal, elle avait l'air préoccupé. Elle a dit qu'Olivier, Charles et moi devrions attendre dans la voiture. Nous nous sommes tortillés par-dessus grand-mère et Valérie pour nous glisser dehors, nous avons regardé maman et nous avons fait « Non » avec la tête. Maman a presque souri, elle nous a embrassés, elle nous a dit :

— Ecoutez, ce n'est rien du tout, maman vous le promet. D'accord ?

Charles a répété :

— D'accord,

avec sa grosse voix. Maman nous a poussés un peu pour nous donner de l'élan et nous avons marché tous les trois sans nous donner la main en suivant le cercueil. Le chanoine levait à bras hauts la croix d'argent et nous avions beau nous tenir très droits, nous étions plus petits que d'habitude. Nous avions très envie d'être cachés contre papa et maman, mais ils étaient derrière nous.

Quand nous sommes arrivés à la petite maison-tombeau, on a vu le trou de la dalle enlevée et le tas de terre.

Ils ont posé le truc, le cercueil. Et puis je ne me rappelle plus.

Sauf Charles qui s'est mis à claquer des dents. Maman lui a tenu la mâchoire avec sa main et lui a tourné la tête contre sa jupe.

Sauf papa et son visage quand il s'est penché sur la pointe des pieds au-dessus du trou, avec de grosses larmes qui s'étalaient et se rejoignaient sur son menton.

Les racines blanches qui crevaient le tas de terre.

Le ciel bleu et blanc, le noir terne des habits, l'odeur de l'encens.

Un des ouvriers funèbres qui s'essuyait le crâne avec un mouchoir.

Nos vêtements qui devenaient de plus en plus chauds.

Quelqu'un d'inconnu, quelqu'un d'invisible dans la foule qui s'est mis à pleurer à notre place, à sanglots.

Le chanoine Maillart qui a béni à gestes ralentis le terrier éternel.

Et puis ce sale type nous a fait chanter *ce n'est qu'un au revoir* pendant que le cercueil basculait dans le trou au bout des cordes.

Et puis Alain s'est fiancé avec toute notre famille.

Il a juré qu'il était notre frère, il a juré qu'il était leur fils, incliné devant nos parents ; et, le premier, il a jeté de la terre sur Claire.

J'ai peur du chanoine. Il est trop gentil. Il ne nous parle généralement que de nous-mêmes au futur, avec des compliments que nous ne méritons pas. C'est très gênant.

Le chanoine Maillart préside notre famille. Il a marié mon père et ma mère, il nous a tous baptisés et le reste. Chaque fois qu'il vient déjeuner à la maison, le dimanche, il propose familièrement de nous confesser. Il s'installe dans le bureau de papa, sous les portraits jumeaux du maréchal Pétain et du général de Gaulle et il nous fait agenouiller en face. Papa n'y va jamais. Il boit un americano ou il répare une prise de courant pendant que maman y passe.

Valérie prépare sa liste de péchés en se cachant derrière son coude pour qu'on ne copie pas sur elle. Claire... je ne sais plus ce que fait Claire. Je crois qu'elle apprend à danser à Henriette, dans la cuisine, et qu'elle trempe son doigt dans la crème au chocolat.

Quand c'est au tour d'Olivier, il parle si fort que nous l'entendons à travers la porte. Il récite à toute allure :

— J'ai cassé exprès la glace de l'entrée, j'ai volé de l'argent dans le sac de maman...
et nous découvrons ainsi qui a commis les bêtises restées non éclaircies. C'est une ruse qu'il a trouvée pour ne pas se faire punir.

De temps à autre, le chanoine me repère ; il dit :

— A nous maintenant.

Je réponds que c'est déjà fait en pension. Il me regarde et je ne sais plus où me mettre. Il commence à rire et sa croix tressaute sur son camail violet qui gonfle tous les ans ; il me montre du doigt, il dit :

— Dieu te rattrapera au tournant, il fera de toi une grande sainte.

Tout ça parce que j'ai levé la tête et ouvert la bouche de moi-même pour recevoir le sel de la sagesse, le jour où il m'a baptisée.

Depuis, Dieu m'inquiète beaucoup.

Le soir, je prends mon élan depuis la porte et je saute d'un grand bond dans mon lit pour que Dieu ne m'attrape pas par les pieds ; je lui dis :

— Dieu, oubliez-moi, s'il vous plaît, faites que je ne sois pas une grande sainte.

Une fois, Claire m'a surprise dans mes prières et elle a éclaté de rire. Malheureusement, elle ne me prend pas au sérieux. Elle attend que je grandisse. Elle s'étire d'un long mouvement saccadé, elle repousse ses cheveux derrière ses oreilles, elle bâille comme les chats et les deux petites dents pointues qu'elle a dans le fond percent son sourire ; elle dit :

— Dépêche-toi de grandir, que je te raconte.

Et puis elle s'en va, emmêlant sans jamais trébucher ses jambes en chaussettes roses. Ses yeux rient pardessus son épaule quand elle se retourne avant d'ouvrir la porte, elle me frôle au passage mais elle ne m'ébouriffe pas les cheveux ni rien. Elle ne me touche pas.

Claire et moi, nous ne nous embrassons pas, nous ne nous donnons pas la main, nous ne nous disons même pas bonjour. Nous attendons que je grandisse. Nous nous connaissons à peine parce que je suis en pension et que souvent, pendant les vacances, elle part dans des endroits de montagnes ou de rivières, je ne sais pas, je n'écoute jamais ce qu'ils disent autour de moi, ce n'est pas encore intéressant.

Quand nous nous retrouvons, nous ne nous regardons pas. Nous nous observons un peu, au jour le jour, et je découvre qu'elle a de petites oreilles carrées. Elle se tient si cambrée qu'on voit parfois les os minces de ses hanches comme deux cailloux qui délimitent le champ de son ventre. Ou bien, elle mesure mon nez avec un centimètre, puis le sien, et elle dit :

— Toi et moi, nous avons les plus petits nez de la famille.

Et c'est encore un signe entre nous.

C'est à cause de Claire que j'ai demandé à aller en pension, il y a des années déjà. En pension, on vous force à manger et à faire de la gymnastique, cela fait grandir plus vite. On vous force à travailler aussi, alors on redouble moins et cela gagne du temps pour partir.

A mon retour de pension, en juillet, juste avant que Claire meure, c'est elle qui m'a ouvert la porte ; elle a papillonné des yeux, comme les poupées aux grands cils ; elle a dit :

— Ben, mon vieux !

J'avais grandi de quatre centimètres pendant le trimestre et je ne l'avais dit à personne, et elle l'a vu tout de suite.

« Ben, mon vieux », c'était peut-être le signal. Ce soir-là, les phalènes ventres lourds se sont cognées avec des bruits qui font mal, elles se sont engouffrées en tourbillonnant sous l'abat-jour rouge de ma lampe ; et moi, les jambes remontées dans mon lit, avec cet idiot pyjama aux Pinocchios, j'ai regardé Claire.

Claire avait ouvert grand nos fenêtres sur la chaleur des tilleuls où remuent les deux hibous que nous connaissons bien. Elle a sorti par brassées ses robes, ses affaires qu'elle a étalées sur son lit ; elle les prenait une à une, les tenait devant elle, s'observait dans la glace, la lèvre un peu mordue. Puis, elle les rejetait et murmurait pour elle-même :

— Non pas cela.

Elle se tournait vers moi :

— Tu ne diras rien, promis, juré ?

Elle a cherché au creux de sa poitrine un papier bleu de télégramme, elle l'a embrassé, elle l'a pressé contre ses lèvres, elle l'a mordillé, elle l'a déchiqueté à petits coups de dents, elle a fini par avaler tout le télégramme, le manger vraiment.

Elle s'est roulée en chat sur son lit ; elle a récité :

— Chic et pouf et tralala, glix, glux, chluc et poufla-fla...
des mots qui l'ont fait rire et pleurer. Au plafond, elle a dit :

— Demain, jour de grrand bonheur. Après, longue vie mortelle avec le marié. Après, seuls rendez-vous avec vous toutes les nuits dans l'Etoile polaire, au bout de la queue de la Petite Ourse.

J'ai bien compris que le marié c'était Alain, mais je n'ai rien demandé pour le reste.

Et puis Claire a envoyé balader par terre toutes les robes neuves que maman lui a achetées pour se marier avec Alain, elle a enfilé sa chemise de nuit, elle s'est adressé des saluts militaires dans la glace, elle a tourbillonné comme une flamme blanche. Tout essoufflée, elle s'est arrêtée devant moi ; la main sur le cœur elle a répété :

— Jure que tu ne diras rien ?

Je n'ai pas répondu. J'ai fait semblant d'avoir sommeil et j'ai tiré le drap par-dessus ma tête en récitant ma prière qui m'endort : « Dieu oubliez-moi, s'il vous plaît. »

Au matin, Claire n'a pas voulu me réveiller. Elle s'est habillée derrière les volets. Elle a enfilé un tee-shirt et un blue-jean. Elle s'est maquillée pendant une heure. Elle chantonnait comme quelqu'un à qui il va arriver des choses, et puis elle s'est approchée de mon lit :

— Ecoute, toi, ne fais pas semblant de dormir. Tu diras à papa que pour les cuillères d'argent, j'ai choisi le modèle coquille.

C'est tout. Elle n'a pas dit au revoir, ni rien. Elle est partie et elle est morte. Elle aurait dû mieux me raconter si c'était vraiment le signal quand elle a dit :

— Ben, mon vieux !

Parce que j'avais tellement grandi.

A la campagne, c'est toujours le même dimanche. Claire est née le 8 octobre. Alors c'était son neuf cent soixante-seizième dimanche mais je n'avais pas encore compté.

Une fois de plus, maman est entrée dans toutes les chambres, ouvrant et refermant les portes, posant un doigt sur les glaces pour vérifier s'il n'y avait pas de poussière.

Valérie s'est allongée au soleil, sur une natte de raphia, elle a abrité son nez refait sous un toit en papier d'argent, elle s'est calé un caramel dans chaque joue et elle a lu *Elle* en aspirant doucement sa salive.

Olivier et Charles ont rampé en secret dans une forêt d'Afrique, sur la pelouse. Ils ont ramené un tigre dans la salle à manger et Henriette qui balayait a crié, devant le tas d'herbes et de brindilles du tigre :

— Je n'ai pas quatre mains pour ramasser vos saletés.

— Naturellement, a dit Olivier, si tu avais quatre mains, tu aurais deux balais.

Une fois de plus maman a appelé Claire partout dans la maison, sous les arbres et même sur le toit. Les poings enfoncés dans les poches de son déshabillé de dentelles, elle a dit à papa :

— Elle est bonne à enfermer, je t'assure. Filer encore sans prévenir, à quinze jours de son mariage.

Papa n'a rien écouté. Il a continué à s'emplir les oreilles de mousse blanche et à tracer des pistes compliquées sur son visage avec son rasoir.

Une fois de plus, la demoiselle de l'harmonium, toujours jeune depuis que nous sommes nés, avec la même robe fleur à corsage plat et les mêmes sourcils fins levés, a complètement essoufflé son sanctus.

Une fois de plus, à la sortie de la messe, papa nous a acheté des babillards, ces petits gâteaux où il y a écrit « Je vous aime » ou « Pas vu, pas pris ».

Une dernière fois, au moment de se mettre à table, maman s'est énervée contre Claire qui paierait cher son escapade :

— Je vous prie de le croire, a dit maman en nous regardant d'une façon sévère.

Pendant tout ce temps-là, Claire voyageait en cachette vers sa mort. Elle descendait à bicyclette un sentier bordé d'aubépines. Claire lâche toujours les mains à bicyclette. Elle a dit bonjour à quelqu'un. Elle lui a dit adieu plusieurs fois. Des témoins l'ont vue. Elle riait, ses cheveux bais envolés derrière elle et le soleil était sur son rire. Est-ce qu'elle avait déjà arrangé son rendez-vous dans l'étoile Polaire ? Alors, il y a maintenant chaque nuit quelqu'un qui se retrouve tout seul dans cette étoile.

Mais là était désormais la fin de l'étoile Polaire pour Claire, dans la petite maison-tombeau. Là était son immobilité, la fin des pays de rivières ou de montagnes, la fin de son rire quand elle avait mangé le télégramme bleu.

— Oh, serrez-moi fort, embrassez-moi fort... nous a dit maman à la fin des pelletées de terre.

Nous avons refait à l'envers le chemin du cimetière entre les haies de buis et les gens qui retrouvaient peu à peu leur voix et se disaient entre eux :

— Oui, c'est affreux.

— Et ce pauvre garçon, vous avez su quoi lui dire, vous ?

— Véronique devrait pleurer, elle va se briser.

— Que voulez-vous, il fallait bien qu'une tuile leur tombe un jour, à eux comme à tout le monde.

— Dites donc, c'est quand même moins pire que d'en avoir une estropiée.

— A mon avis, elle a eu une belle mort, la petite, le coup du lapin, hop, fini !

— Je me souhaiterais bien la même.

— Dites donc, dépêchez-vous, le taxi tourne.

Nous avions perdu le nord, le sud et l'ouest. Papa avait l'air d'un homme éveillé en pleine nuit et qui s'aperçoit que ses craintes étaient réelles. Son bel habit était fané mais il redressait les épaules et il nous poussait devant lui, Olivier, Charles et moi, d'un geste de propriétaire.

Souvent, papa dit de nous, les trois derniers :

— C'est ma seconde fournée.

Et il nous complimente du coin de l'œil. Papa est très poli avec Valérie depuis qu'elle a raté son bac. Le matin, il lui demande si elle a bien dormi. Il ouvre son portefeuille, il lui tend un billet entre l'index et le majeur et lui dit :

— Ne me remercie pas.

Si elle réclame la permission d'aller passer les vacances de Noël en Allemagne avec une amie américaine, il répond sans lever sa moustache de son café au lait :

— Arrange-toi avec ta mère.

Maman laisse une heure sa main sur la cafetière :

— Et si c'était un ami américain, Jérôme ?

Papa hausse les épaules :

— Que veux-tu que j'y fasse ?

— Et si elle nous revenait enceinte ?

— Cela lui donnerait une occupation, répond papa.

Maman claque la porte. Si le bruit qu'elle fait ainsi n'énerve pas suffisamment papa, elle recommence. Le chanoine Maillart rassure maman : Valérie trouvera son équilibre dans le mariage.

— Que pourrait-elle faire d'autre ? grogne papa.

Avec Claire, c'est différent. Papa met son costume gris et sa cravate couleur de perle, il arrondit le bras pour le lui offrir et il l'emmène manger des huîtres. Tante Rébecca dit :

— Regardez-moi ces larrons en fête. Enfin, je reconnais Jérôme.

Il paraît qu'avant nous papa était un vrai coquet, avec une canne à pommeau d'argent, toujours fourré chez Maxim's, les yeux dans les yeux de Lulu Diamant qui buvait du champagne dans le creux de sa main. Le seul défaut de Lulu Diamant, c'était une petite verrue au troisième doigt de la main gauche. Et puis Lulu Diamant a épousé un banquier vénéneux qui lui a fait enlever sa petite verrue. Et Lulu Diamant est morte pendant l'hiver parce que sa petite verrue était sans qu'on le sache une sorte de bouton-pression qui tenait fermé un cancer.

— Ne répétez surtout pas à votre mère que je vous raconte tout cela, dit tante Rébecca.

Maman n'est pas contente parce que papa a connu tante Rébecca avant elle. Papa dit que maman n'a rien à craindre, tante Rébecca lui faisait beaucoup trop peur. Elle a voulu faire croire à papa qu'elle était seule. Qu'elle n'était pas soutenue par une famille. Qu'elle n'était pas soutenue par l'argent. Qu'elle n'était soutenue par rien. Tante Rébecca nous achète des éclairs au chocolat que maman nous défend, elle allume une nouvelle cigarette et le fil de fumée s'enroule autour de son poignet, et nous lui demandons :

— Raconte encore.

Nous connaissons tout par cœur, mais c'est notre histoire préférée.

— Pendant que votre papa regardait Lulu Diamant en plein cœur, votre mère grandissait entre son papa silencieux et sa maman nerveuse et pieuse qui est votre mamie actuelle.

A douze ans, maman s'asseyait sur ses cheveux, elle était nourrie de bananes et de petits pois parce que la mode était aux enfants dodus. Un jour, sa gouvernante allemande lui a fendu la lèvre d'un revers de bague parce qu'elle avait négligé d'obéir à un ordre en teuton. Alors on a renvoyé la fräulein en Allemagne et maman est restée avec Werther mal compris sur ses genoux.

— Quand Lulu Diamant est morte, votre mère a eu l'âge d'aller à l'Opéra dans la loge de son papa en habit qui achevait de se brûler les bronches en respirant le ciment de ses chantiers, et de sa maman qui avait déjà perdu l'âge de se décolleter. Et moi, dit tante Rébecca, j'aurais mieux fait de me casser une jambe ce soir-là, j'avais entraîné dans la loge voisine votre papa inconsolable de Lulu Diamant...

Olivier, Charles et moi, nous reniflons de bonheur, nous repoussons l'assiette d'éclairs au chocolat, nous attendons que la serveuse en tablier blanc ait versé une nouvelle tasse de thé vert qui sent le feu de bois à tante Rébecca et on lui dit :

— Et alors ?

— Alors... dit ma tante.

Elle aspire de minuscules gorgées fumantes, elle

marque des bouches rouges tout autour de sa tasse, elle fait exprès de nous faire attendre, ses yeux rient sous ses paupières mauves.

— Alors votre futur papa a suivi la voiture de votre future maman et il a été très étonné de voir qu'elle habitait l'immeuble où j'habitais. A la plaque d'entrée, il a su que votre grand-père était entrepreneur. Il est allé le trouver en consultation et comme votre grand-père ne lui découvrait aucun projet sérieux de maison, votre papa a fini par déclarer qu'il réclamait la permission de construire le bonheur de sa fille. « Rébecca ? a demandé votre futur grand-père. – Jamais de la vie, a répondu votre futur papa. – Cela m'étonnait aussi », a dit votre futur grand-père. Ils se sont retrouvés, elle en blanc, lui en noir, à Saint-Honoré d'Eylau, avec la bénédiction orale du chanoine Maillart et celle, écrite, du pape.

Votre papa a rangé sa canne à pommeau d'argent, il n'est plus retourné chez Maxim's, il s'est mis à manger de la purée pour simplifier les menus parce que Valérie était née.

Il ne s'étonnait déjà plus d'avoir des digestions légères quand Claire est arrivée, avec une nouvelle bénédiction du chanoine. Votre père se résignait à vivre indéfiniment entre les couches mouillées et les hurlements de six heures du matin auxquels l'avait habitué Valérie, quand il s'est aperçu que Lulu Diamant était revenue sous la forme gigotante et braillante du bébé Claire.

— Claire n'est pas la fille de maman ? demande Olivier.

— Ah ! soupire tante Rébecca, vous n'êtes pas assez stupides pour votre âge.

Elle lève un doigt pour demander la permission de payer, ses bracelets d'or dégringolent en tintant sur son coude, elle sort son rouge à lèvres et nous la regardons dessiner entre ses deux belles rides un chapeau de gendarme.

Nous avons fait une dernière halte aux grilles du cimetière pour la dernière embrassade. Cette fois, c'était comme si les gens cherchaient sur nos visages la trace de Claire et lui souhaitaient en vitesse bon voyage avant que le train démarre.

Le chanoine Maillart a pris sa part des politesses en serrant beaucoup de mains ; et les copains à Légion d'honneur de papa, les mêmes qui étaient venus aux fiançailles de Claire, l'ont tapoté courageusement sur l'épaule en répétant :

— Nous sommes avec toi, Jérôme.

Et papa est devenu plus jeune. La cohue s'est clairsemée, maman à l'ombre des cyprès a rejoint tante Rébecca immobile :

— Publiquement, Rébecca, je te remercie de toute l'affection que ma petite Claire a pu trouver auprès de toi.

Tante Rébecca n'a pas répondu, elle a tourné son front contre l'arbre, elle s'est débarrassée de sa toque noire, elle a aéré ses cheveux à dix doigts et a fini par dire :

— Ces séances de serre-pince, je ne sais pas comment vous pouvez les supporter.

Et puis, elle s'est raidie imperceptiblement, elle a agrandi son regard, elle a presque couru à la rencontre d'un type qui descendait l'allée. Un type comme nous n'en avions jamais vu, un grand babouin avec de grandes épaules, de grandes oreilles, de grandes lunettes noires et une peau brune, une peau d'Inca ; tante Rébecca a crié :

— Frédéric !

— Qui c'est, celui-là ? a dit Valérie en mettant sa main en visière.

Tante Rébecca s'est coulée contre lui, elle a dormi un instant sur son épaule et puis elle l'a repoussé. Mais le type est resté immobile, avec ses lunettes noires qui lui faisaient peut-être croire qu'il était invisible.

— Je suis rompue, rompue, a gémi grand-mère.

Maman l'a remontée par le bras ; elle a appelé papa :

— Aide-moi, Jérôme. Mamie chérie a un malaise, ce n'est plus de son âge ces émotions-là.

Grand-mère Cartet, je la surveille tout le temps, elle ne meurt jamais. Elle se casse une jambe, elle se casse l'autre, elle se brise l'épaule, elle mange une huître empoisonnée, elle s'arrête le cœur en le pressant à deux mains et elle tombe à la renverse, mais toujours vient le moment où elle papillonne des yeux et réclame ses lunettes.

— Pour une qui vise si fort le paradis, dit Henriette, elle s'accroche !

Grand-mère ne peut pas croire à nous ; elle dit :

— D'où sortent-ils, ces enfants-là ?

Claire surtout la dépayse.

— Ces poses de grande charmeuse qu'elle prend avec son derrière, ma pauvre Véronique, mais c'est le diable qui couve sous ses jupes si tu n'y mets pas bon ordre.

Maman s'intimide :

— Tu crois vraiment ?

Et à eux trois, maman, grand-mère et le chanoine, ils décident de mater Claire comme ils feraient d'un cheval en l'envoyant dans des prairies de Suisse, d'Allemagne ou d'Angleterre.

— Où, au moins, elle apprend les langues et respire du bon air, sans trop de risques de babouineries, dit grand-mère.

Et moi j'imagine des grands singes qui courent en sautant après Claire mais Claire n'a pas peur. Le sang battant très fort, elle les apaise de la main en leur caressant l'encolure ; elle leur dit :

— Dès demain, nous nous promènerons ensemble tous les jours, moi devant mais me retournant tout le temps pour vous regarder, pour être sûre que ce trésor que vous êtes est toujours là.

Et puis l'un des grands singes devient le préféré de Claire, il appuie ses pattes de devant sur ses épaules et il la salit si gentiment que Claire sourit en fermant les yeux et réclame :

— Encore et encore, jusqu'à la fin du monde si vous le voulez bien.

C'est ainsi que maintenant et souvent je pense à Claire. Je découvre les sourires qu'elle n'a pas eus pour nous. J'attends d'entrer dans ses paysages et de me retrouver moi aussi au pays des babouins. Alors, grand-mère abaissera ses paupières sur ses images décolorées et maman apprendra de la bouche de papa comment Lulu Diamant est morte parce qu'on ne lui a pas laissé la permission de porter une verrue au doigt.

Maman ne connaît pas Lulu Diamant. Nous ne lui en parlons jamais, même quand nous lui annonçons d'urgence un secret à l'oreille pour qu'elle reste plus longtemps la nuit, près de notre lit.

Charles la demande en mariage presque tous les soirs, cela marche toujours avec maman, il essaye de l'embrasser sur la bouche :

— Si tu n'étais pas vieille, je t'épouserais.

Maman rit à moitié, elle s'essuie les lèvres, elle le

borde serré, elle lui promet d'avoir dix-huit ans demain matin.

— Même dans l'autobus ? demande Charles.

— Partout où je te conduis par la main, dit maman.

Les yeux ouverts dans le noir, je l'attends. Elle vient, elle est plus grande dans l'obscurité, elle me caresse le front :

— Et toi, ton gros secret ?

Et aussitôt mon secret disparaît, je me rappelle seulement la fois où elle m'a mordue. J'étais petite, alors elle s'est agenouillée pour être à ma hauteur, elle a pris mon bras, elle a serré ses dents sur moi, lentement, ses yeux bleus et chauds me noyaient la tête ; elle a dit :

— Tu vois l'effet que cela fait ?

Parce que j'avais mordu Olivier. Après, j'ai été me cacher dans le placard et les yeux bleus et chauds de maman continuaient à me noyer dans le noir et j'avais peur parce que j'avais découvert la méchanceté qui était au fond de maman.

Quand Claire est dans le lit à côté du mien, je n'ai pas peur. La lumière est rouge; Claire, les cuisses découvertes, lit Nietzsche en se mordant un ongle. De son autre main, elle tient Cronin ou Gilbert Cesbron ouverts pour changer en vitesse si le pas de maman approche. Maman jette un coup d'œil de douanier, elle regarde surtout Claire et Claire se met à sourire, ça veut dire :

— Je t'aime, je t'aime

à maman, mais Claire n'ose pas en parler et elle va l'écrire sur un bout de papier qu'elle cache sous l'oreiller de maman. Nous le savons parce que chaque fois que maman se met en colère contre Claire, elle dit :

— C'est bien la peine de mettre des billets doux sous mon oreiller.

Papa prend l'air malheureux et Claire court dans ses bras. Papa abrite Claire contre lui, il essuie ses larmes sans parler. Claire finit par sourire, elle dit à papa :

— Je te pardonne, je sais bien que ce n'est pas ta faute.

Et elle repart en Suisse, en Angleterre ou en Allemagne, partout où maman lui trouve une famille qui la garde enfermée le soir.

Claire revient toujours, une nuit ou l'autre, elle a des skis neufs ou une liste de jurons anglais dans sa poche, elle ne peut pas s'empêcher de rire, elle a été renvoyée.

L'année dernière, elle a passé tout l'hiver à Nice, avec tante Rébecca, sans que personne le sache, elle s'était sauvée de sa famille allemande et elle a fait du cinéma.

— Voui, madame ! a dit tante Rébecca en pleine face à maman, et tu as encore de la chance qu'elle soit revenue.

Maman a fait semblant d'attraper une fracture du cœur et Claire s'est mise à fracasser tous les vases, toutes les assiettes qu'elle pouvait trouver et elle sanglotait :

— Mais oui, l'irréparable est fait, je ne la possède plus, ta sacrée dot.

Et puis, à Pâques, Alain est arrivé. Il a regardé Claire et Claire est devenue muette. Maman en a fait une vraie fête.

— Alain est tout ce qu'il faut à Claire, disait-elle, il saura la mater.

Mais tante Rébecca s'est glissée dans le bureau de papa, elle a posé ses ongles mauves sur son veston :

— Jérôme, comment peux-tu laisser faire une chose pareille ? Autant vouloir marier le feu avec l'eau froide.

— Que veux-tu, a dit papa, quand la note est trop lourde à payer, on peut être tenté de faire appel à un banquier.

— Tu as oublié comment s'est terminée cette histoire ? a dit tante Rébecca.

En rentrant du cimetière, papa n'a pas enlevé son habit de cérémonie, il n'est pas venu à table, il a marché dans l'appartement et cherché, cherché partout la timbale d'enfant de Claire ou une de ses vieilles blouses qui servait de chiffon dans le placard aux balais.

Il les a emportées dans la chambre de Claire et il s'est enfermé à clé. Il ne s'est plus occupé de nous. Il ne s'est pas rasé. Il n'a pas dormi dans le lit de maman, il est resté à plat ventre sur le divan de Claire, avec ses pieds qui traînaient par terre et il lui disait tout bas des mots incompréhensibles. Maman le suppliait derrière la porte :

— Jérôme, ouvre-moi, ne me laisse pas seule, parle-moi.

Et nous, nous nous taisions pour ne pas déranger papa qui était en train de retomber amoureux de Claire. Il paraît qu'entre papa et Claire il y a eu une histoire d'amour qui a duré six ans. Jusqu'à ce que maman fasse les gros yeux à Claire, lui disant :

— Papa est occupé,

chaque fois que Claire s'accrochait au pantalon de papa et le regardait avec passion, attendant un baiser, des compliments. Grand-mère avait peur que Claire s'approprie le mari de maman :

— Songe un peu, Véronique, ces deux-là qui n'ont d'autre but dans la vie que dormir ensemble, Claire s'élançant dans votre lit sur la poitrine de Jérôme, s'y blottissant à ta place !

Grand-mère a peur de tout. Elle remonte son châle noir sur ses genoux, ses mains qui ne peuvent plus s'ouvrir complètement ressemblent à une vieille salade, leurs dix doigts rassemblés et tournés vers le ciel et elle nous récite le monde tel qu'elle nous défend de le vivre :

1 Les divorces.
2 Les révolutions.
3 Les partis politiques, sauf le bon.
4 Les idoles et les gens sans moralité, même sympathiques.
5 Rester les bras ballants, les jambes pendantes, l'esprit flottant.
6 Les frites et le vin avant d'avoir quinze ans.
7 Les gros mots et ceux du dictionnaire médical.
8 Les faits divers.
9 Les films adultères.
10 Tous les auteurs s'ils ne sont pas décédés et membres de l'Académie Française.
11 Partir pour la lune même quand on trouvera des billets dans les agences de voyages parce que Dieu nous a créés pour la terre, un point c'est tout.
12 Le cancer, la tuberculose, les dépressions nerveuses, parce que cela n'existe pas dans notre famille.
13 Avoir l'esprit de conquête parce que c'est cela qui a perdu le monde.

— Si chacun était resté bien droit dans son petit trou à faire son devoir comme en 14, dit grand-mère, nous n'aurions pas un pied sur la lune et l'autre rongé par des métastases qui n'ont jamais fait mourir personne de mon temps. Ce que l'on ne connaît pas n'existe pas.

Quand Claire a été morte, grand-mère a élevé une nouvelle interdiction : qu'elle ne soit plus jamais vivante, plus jamais attendant sur le seuil, élancée dans sa robe blanche, dressée sur ses longues cuisses insupportables pour grand-mère et assez de ces sourires qui invitent et interdisent et rendent fous les babouins.

Grand-mère a préféré faire de Claire une image où son dernier visage, sur son dernier lit, à la clinique, flotte dans un flou cerné par des citations pieuses et elle nous a conseillé de l'enfermer entre les pages de nos livres de messe.

— Déchirez cette image, elle est fausse, a dit tante Rébecca.

Elle venait nous chercher chaque après-midi. Elle n'était pas en deuil. Elle portait des robes pistache, cannelle, framboise, orange qui volaient autour de ses jambes quand il y avait du vent dans la rue. Valérie la toisait de bas en haut en lui ouvrant la porte.

— Vraiment, tu n'as aucune pudeur.

— Ne me fais pas rigoler, répondait tante Rébecca.

C'est toujours pareil dans ma famille. Tante Rébecca nous prenait par la main, elle nous emmenait aux Tuileries, elle louait pour nous des bateaux que nous nous efforcions de faire chavirer en soufflant dans leurs voiles. Elle achetait des ballons rouges et nous les lâchions au bord de la Seine, nous suivions leur course aux nuages en sautant à cloche-pied sur les pavés, le nez en l'air jusqu'à danser de vertige.

Quand nous étions fatigués, elle nous asseyait sur des chaises de rotin, elle inclinait le parasol bleu et blanc, elle claquait des doigts et le garçon arrivait ; tout chaud dans sa veste blanche, du bout de sa langue il attrapait un peu de fraîcheur au coin de sa bouche. Il écrivait sur son carnet au creux de sa paume toutes les couleurs de glaces que nous désirions.

Sauf bleue. Charles s'est mis à réclamer tout le temps une glace bleue et tante Rébecca, qui balançait sa sandale au bout de son pied, mettait le revers de sa main contre sa hanche et dictait au garçon :

— Une glace bleue pour ce jeune homme, je vous prie.

— C'est que, nous n'en avons plus aujourd'hui. Demain, sans faute, promettait le garçon.

— Comme tu as de la chance, disait tante Rébecca à Charles, d'avoir toujours une glace bleue pour demain.

Nous regardions, sans comprendre, son sourire s'ouvrir entre ses deux belles rides.

Elle nous racontait Claire. Claire ne pouvait plus être avec nous à manger des glaces ni rien, mais elle n'était pas non plus dans la petite maison-tombeau.

— C'est un vilain souvenir, disait tante Rébecca. Oubliez-le. Il n'y a que les vieux qui ont fini de vivre pour mourir.

Claire avait seulement un petit peu disparu. Elle était avec Lulu Diamant qui buvait du champagne dans le creux de sa main. Elle était avec papa, au temps où il était un vrai coquet, avec une canne à pommeau d'argent. Elle était avec maman quand elle s'asseyait sur ses cheveux en mangeant des bananes et des petits pois.

Désormais, Claire pouvait monter sur un cheval, dans l'odeur de lilas du petit matin, aller sans se presser à travers les pelouses où les tourniquets mettent des arcs-en-ciel dans l'eau en éventail, suivre en zigzag un papillon blanc ou un papillon jaune.

Claire était guérie de la vie, encore un peu faible.

Elle pouvait fumer autant qu'elle voulait, même si, entre la cigarette qui s'achève et la suivante, dix années s'écoulent. Plus personne ne lui ferait de peine, ni en souvenir ni en espérance. Elle continuerait sa vie silencieuse au milieu de nous, elle aimerait qui elle voudrait, sans jamais être punie. Elle ne compterait plus les années avant de partir.

— Et toi, disait tante Rébecca en s'adressant à moi, tu ne dois plus dire qu'il est injuste que grand-mère qui est vieille ne soit pas morte avant Claire.

Elle saurait bien nous consoler, soit le jour, soit la nuit, puisqu'elle n'aura plus jamais sommeil. Et à l'appel de son nom, elle pourrait bien revenir, un temps, revivre la vie quotidienne...

— Ouf ! disait tante Rébecca, cela ira comme ça pour vous trois aujourd'hui ?

Le soleil devenait rose, devenait frais et nous remontions les Champs-Elysées droit entre les pattes de l'Arc de triomphe. Tante Rébecca nous ramenait à la maison, elle nous faisait prendre un bain puis elle nous conduisait au salon où maman, Valérie et Alain parlaient à voix basse dans l'ombre des volets tirés. Maman tâtait nos cheveux mouillés, elle nous voyait à peine, des veines rouges avaient éclaté dans ses yeux.

En attendant que papa sorte de la chambre de Claire, nous mangions de la purée instantanée. Soir après soir de la purée instantanée, Olivier, Charles et moi, dans l'ancien plat sur lequel deux poussins sont perchés pour servir d'anses. Maman arrangeait de la viande froide et des cornichons pour Alain et Valérie.

— Mangez vite et au lit, disait-elle.

Et nous, on surveillait maman en traçant des routes à

la fourchette dans cette saleté de purée. Maman avait tout le temps trop chaud depuis la mort de Claire. Son menton luisait, elle était collante quand elle nous embrassait. Elle recommençait dix fois son assiette de viande froide, elle se lavait les mains à l'évier, elle n'arrêtait pas de se laver les mains et puis elle les flairait :

— Cette odeur, je n'arrive pas à m'en débarrasser, l'odeur des lys, on dirait qu'elle m'est entrée dans la peau.

Nous commencions à sentir les grands lys aux cœurs jaunes qui avaient été dans le pot à confitures, à côté du lit de Claire ; nous ne pouvions plus avaler.

— Cela ne fait rien, disait maman, je ne vous forcerai plus jamais, je ne vous ferai plus jamais pleurer, je ne vous défendrai plus rien et vous serez heureux, n'est-ce pas ? Vous ne pourrez pas dire que j'ai été trop sévère, que je vous ai tenus trop serrés ?

Alain et Valérie entraient dans la cuisine.

— On vient t'aider, maman, annonçait Valérie.

Elle sortait deux boîtes de bière du réfrigérateur, Alain les perçait à chaque bout, ils buvaient et cela leur faisait des moustaches.

Ils ouvraient la fenêtre et on voyait l'acacia du Japon dans la cour, on entendait la radio du concierge, les informations. Alain s'asseyait sur le rebord de l'évier, il fumait et puis il arrosait sa cigarette d'eau froide. Valérie se perchait sur la table à côté de nous, elle relevait sa robe neuve, à lignes noires et blanches, elle s'était dessiné des yeux un peu doux, un peu bons. Elle regardait Alain :

— Ils sont tellement mignons quand ils mangent avec leurs doigts !

Cette idiote. Nous ne mangions pas avec nos doigts.

Alain faisait semblant de la croire, effleurant parfois le crêpe noir à sa boutonnière où il portait le deuil de Claire.

Et puis papa est sorti en jurant de la chambre de Claire. Il a donné des coups de poing dans les meubles de l'entrée, il a allumé les lumières, nous sommes arrivés pieds nus, encore endormis, nous l'avons trouvé en train d'arracher son col, sa cravate couleur de perle.

— Il n'y a pourtant pas de nid de guêpes à Paris, a dit maman en boutonnant de travers son déshabillé de dentelles.

Et papa secouait sa grande figure pas rasée :

— Aidez-moi, nom de Dieu, je ne peux plus supporter ces loques.

Et nous, ça y était, nous avions la permission de faire du bruit, on a crié et on a ri, on attrapait les pans de sa veste, son gilet, l'étoffe cédait avec des craquements. Maman a commencé à sourire, la main sur la bouche, et nous sommes redevenus si heureux que nous aurions pu écorcher papa et le suspendre vif à une fenêtre pour montrer aux gens qu'il était revenu. Quand papa a été presque tout nu, son bel habit qu'il avait mis pour Claire à jamais immettable, nous avons vu que ce n'étaient pas des piqûres de guêpes qui le faisaient souffrir si fort mais des furoncles. Quarante-huit piqûres de furoncles.

Au début, nous ne savions pas très bien ce que c'était, mais nous sommes devenus très habiles. La pince, l'eau bouillie, les compresses, c'était moi. Olivier passait la pommade, Charles collait l'albuplast. Maman nous surveillait, assise contre papa qui poussait des « aïe » pour nous faire plaisir. On voyait bien qu'elle était contente que papa ait attrapé tous ces furoncles. Après, c'est devenu encore mieux parce que maman aussi en a attrapé.

Il paraît que nous n'attendions que cela pour partir en Bretagne chez Alain.

— Plus se séparer, pas se séparer, chuchotait Alain en nous frôlant dans les couloirs.

— Sale nègre, je lui disais en moi-même.

Mais je ne sais pas pourquoi. Il est parti devant avec Valérie pour ouvrir les fenêtres. Nous les avons suivis dans la nuit, tout au long de la Loire où la lune flottait sous l'eau et les nuages qui bougeaient comme des géants qui auraient lentement ouvert la gueule pour bâiller. Nous nous sommes endormis à la fin de la Loire.

C'est maman qui avait voulu la nuit pour voyager. Maintenant, elle préfère rouler la nuit. Elle dit que papa ne pourra pas reconnaître la grosse Chevrolet 40 CV qui a écrasé Claire.

Nous sommes arrivés au tout petit matin, la maison d'Alain était bleue sous le vent et papa nous a portés dans ses bras et mis au lit en nous embrassant comme avant, avec sa moustache qui pique.

Nous nous sommes réveillés avec froid aux pieds, maman nous a acheté des tricots de marins – et tous les matins, on voyait un cœur de soleil découpé dans les volets et nous prenions notre petit déjeuner dans des tasses où il y avait écrit Gaston, Lydia ou Albert.

Après, nous nous occupions de papa et maman qui étaient devenus nos enfants. Nous les réveillions avec le plateau à pansements de furoncles :

— Soyez sages, mes chéris, on va vous soigner.

Maman riait à papa à travers ses cils. Papa lui donnait un bout de baiser sur le nez, ils ne se quittaient plus, ils se promenaient la main dans la main. Le vent aplatissait des épis dans les cheveux de maman, papa nouait un foulard de soie autour de son cou pour adoucir ses furoncles et ils allaient au village prendre leur piqûre de pénicilline. Ils revenaient avec les journaux, ils s'allongeaient sur la plage, contre la digue, à l'abri du vent. Les pages s'envolaient une à une, maman se laissait aller en arrière, elle fermait les yeux, papa prenait sa main et la serrait très fort et nous savions que Claire était revenue entre eux.

Alors nous chassions Claire à grands cris. Charles tapait sur son seau, Olivier ramenait un crabe entre deux doigts ; il gémissait :

— Il m'a mordu, maman.

— Viens là, toi, me disait maman, qu'est-ce que tu as, tu es toute pâle, tu manges trop de frites.

C'était vrai, maman ne nous défendait plus rien, alors pour les frites on en profitait. Mais il était impossible de ne pas voir Claire. Elle portait un maillot de deux quartiers mandarine, elle trempait le bout du pied dans l'eau, elle fronçait le nez :

— Ce qu'elle est froide, c'est pas humain !

Ou alors, elle était dans les dunes avec les garçons qui galopaient sur les poneys à longues crinières, on la reconnaissait à ses cheveux bais, elle se retournait et le vent entrait dans sa bouche.

Claire était sans cesse la fille d'un plus loin, celle qui a des cheveux longs, qui court vite et qui rit par-dessus son épaule.

Par chance, elle n'était pas avec Alain. Pas du tout. Alain faisait des tournois de tennis, il revenait à la fin du soleil, un chandail bleu marine noué par les manches autour de ses épaules ; il nous demandait de loin si nous avions tout ce qu'il nous fallait.

Tous les jours il avait plus de taches de rousseur sur

le nez, plus de poils blonds sur les jambes. Valérie trottait derrière lui, elle balançait sa raquette, elle portait de minuscules jupes plissées, Alain lui lançait des balles contre la porte du garage, elle bondissait de travers et les balles filaient comme si sa raquette était percée ; elle devenait rouge :

— C'est parce qu'ils me regardent, se plaignait-elle, fichez le camp, les petits.

Mais nous étions beaucoup trop contents de crier « Raté ! » à chaque fois sans qu'elle ose nous embêter devant Alain.

Quand les furoncles de papa et maman ont commencé à guérir, l'Henriette d'Alain s'est installée accroupie au seuil de la cuisine, un chaudron de cuivre au creux de son tablier noir. Elle le frottait longtemps avec du sable mouillé. De loin, elle nous faisait signe avec son vieux doigt :

— Mes bijoux, faut plus rien dire à vos parents sur votre sœur, qu'ils finissent de se remettre tranquilles.

Maman ramenait des brassées de genêts pour le chaudron, elle se reculait et fermait à demi les yeux pour juger de l'effet :

— Surveille tes frères, qu'ils ne prononcent pas le nom de Claire devant ton père, il serait capable de nous faire une rechute.

Papa marchait au hasard à travers le jardin, il avait repris son vieux tic des mains croisées derrière le dos en s'arrachant les ongles. Il regardait les bateaux à voiles blanches fuser en gerbes autour des bouées. Je me glissais contre lui, un bras autour de sa taille ; il se réveillait :

— Ah, c'est toi, mon petit. Pendant que j'y suis,

écoute, ne parle plus de Claire devant ta mère, elle est encore trop secouée.

On ne pouvait plus parler de rien. Sauf si les savants découvraient des nuages de formol dans la Voie lactée, de l'ammoniac près de la nébuleuse du Sagittaire.

— Cela montre, lisait papa à haute voix, qu'il est très possible que la vie soit le résultat d'une sorte d'évolution chimique.

— Comme c'est intéressant ! s'écriait maman en enlevant brusquement le journal des mains de papa.

Il fallait tout le temps jouer à avoir oublié. Alain et Valérie s'étaient inscrits aux régates, ils revenaient hors de souffle, leurs jambes trempées dépassant de leurs cirés jaunes. Un peu inquiets de s'être bien amusés, ils racontaient qu'ils étaient fatigués.

Alain venait m'apporter des chocolats pendant la sieste, je me tournais vers le mur sans répondre.

— Tu as tort, chuchotait-il, faisant une voix courageuse pour moi seule.

Nous avions été créés pour cela, disparaître un jour ou l'autre, pour être emportés, enfouis, dissous par le temps. Pour qu'il ne reste de nous que des bribes de signes, des dates mutilées. Dieu nous voulait vivants, mangeant du chocolat si nous en avions envie, recommençant les jours geste après geste, comme si de rien n'était, et patati et patata, je connais tout ça par cœur. Je disais « D'accord » à Alain pour avoir la paix.

Je m'étendais sur la pelouse roulée dans une couverture, à plat ventre, les joues dans l'herbe, le nez contre la terre, j'essayais de me rappeler sa voix, et ses yeux, et ses dents.

J'essayais de me raconter Claire comme une pièce de théâtre et comment elle serait arrivée ici avec Alain, comment leur voiture aurait fait crier les pneus dans le virage. J'essayais de me raconter qu'ils auraient bu des vins qui mettent des bulles dans la tête, qu'ils auraient nagé dans une mer bleu myrtille. Ils auraient parlé d'enfants, d'enfants qui grandissent et ils auraient creusé leur lit dans le grand sofa blanc qui était fait pour Claire.

Et puis je relevais la tête, je savais que ces projets étaient faux, que Claire ne pouvait pas vivre à côté d'Alain. Pourtant, elle en parle, la nuit, quand elle croit que je dors, mais ce n'est pas Alain qu'elle appelle.

Quelque chose était détraqué dans ce paysage, la mer était grise, fouettée de galets, l'Henriette d'Alain nous forçait à prendre des bains de pieds brûlants. Il y avait quelque part un métronome, quelque part entre la maison au toit bleu, les pins vénérables ou érables, la barrière de rochers et son escalier taillé qui descendait à la plage où les étrangers n'avaient pas le droit de pénétrer.

A table, papa, maman, Valérie et Alain parlaient agréablement de la marée prochaine, roulaient une crêpe de seigle sur une couche de sucre roux, léchaient une dernière miette sur leur menton. Je les regardais en pleine figure, surtout papa qui avait été amoureux de Claire pendant six ans et puis pendant deux jours, enfermé dans sa chambre, et ils ne bougeaient pas. Le métronome battait.

— Encore une autre crêpe ?

— Encore du cidre, maman ?

— Bonne nuit, la mer endort.

— Et demain, nous irons visiter les parcs à huîtres, on les mangera vivantes.

— Avec un couteau, c'est bon.

— Bonne nuit, la mer endort, et je mordais mon oreiller dans le noir, j'appelais Claire, je fronçais les paupières autant que je pouvais.

— Arrive, arrive, Claire.

Mais elle ne voulait plus revenir. Nuit après nuit j'oubliais son nez, sa bouche, l'ovale de son visage, son regard. Quand je retrouvais l'un de ses traits, c'était sa démarche, son rire qui disparaissaient. Je m'embrouillais avec les filles que j'avais vues de loin, dans la journée, celle qui galopait dans des dunes avec les garçons ou celle qui avait crié :

— Ce qu'elle est froide, c'est pas humain.

En tâtant la mer du bout de son pied. Je me levais et je marchais dans le noir. Je n'avais plus peur que Dieu m'attrape par les chevilles ; je lui disais :

— Sale Dieu.

Le métronome vibrait continuellement dans l'air, pénétrait les oreilles, s'installait dans le corps entier, faisait battre le cœur à une cadence oppressante. Je ne comprends rien à leur mort. En pension, on nous fait des interrogations pour raconter comment nous passerions les cinq dernières minutes de notre vie. Caroline a copié sur saint Louis de Gonzague; elle a écrit : « Je continuerais à jouer tranquillement. » Elle a été première. Moi, j'ai mis : « Si c'était vraiment sûr, je me jetterais par la fenêtre pour ne pas attendre. » J'ai eu zéro, plus un rapport à maman sur mon indiscipline.

Tous les jours il fallait manger à quatre heures des tartines de confiture où le sable craquait sous les dents, voir papa et maman prendre le thé qu'ils détestent, avec Alain, sous le parasol planté sur la pelouse, regarder Valérie lire son horoscope caché entre les pages d'un livre de philosophie qui l'ennuie.

La vie appliquée, la vie imposée, nous tous dans une cage à mouches, retirés de la surface du monde. Olivier et Charles se poursuivaient à coups de revolver sous les arbres ; ils criaient :

— Bouge plus, t'es mort, t'as plus le droit de bouger.

Mes mains fouillaient dans le sable, ramenaient des objets oubliés depuis des semaines, des peaux d'oranges, des bâtons d'esquimaux, un bout de peigne édenté et, même, une espadrille complètement rongée.

Du fond de ce monde abandonné, des larves naissaient sans arrêt, des grappes d'œufs fermentaient, menaçaient, grignotaient, transportaient Claire loin, toujours plus loin puisque personne ne voulait plus parler d'elle.

Plus loin que grand-père numéro un, vêtu de blanc dans le jardin de notre enfance, plus loin que notre jeune grand-mère disparue entre les plis de sa robe bleue.

Loin vers une mort définitive où il ne tombe que du silence, comme des grains de neige. Le soleil faisait des trous blancs dans les nuages, reculait au fond de l'espace, indéfiniment. Je disais à Claire :

— Ne t'inquiète pas, je ne les laisserai pas faire.

Les morts n'entrent pas dans les cuisines, ils ne s'approchent pas du robinet de métal qui remplit doucement un grand verre d'eau.

Ils ne se baladent pas sur les toits en ouvrant les bras en ailes. Ils ne marchent pas rapidement juste au bord des trottoirs sur des sandales dorées italiennes, en balançant leurs cheveux bais. Je fermais les yeux et je voyais Claire venir de loin, visage, mains et jambes comme moi plus tard, quand j'aurais grandi, et elle me passait à travers comme ça, très simplement, sans heurt.

Et puis un matin le métronome s'est arrêté. Ils ont bien été obligés d'en parler, mon père vêtu d'un pantalon de toile ardoise, ma mère en robe de tricot citron boutonnée par-devant, Alain tout blond dans un col roulé blanc, Valérie avec ses fausses taches de rousseur dessinées au crayon sur son nez refait et ses nouveaux yeux étonnés. Oui, tout avait été prévu au petit déjeuner : thé, café normal, café décaféiné et cinq sortes de confitures. Oui, vraiment tout était en règle, je regarde la satisfaction dans leurs yeux, chaque matin avant qu'ils s'asseyent, quand ils promènent leurs regards autour d'eux et cela me fait toujours rire, toujours je me dis : « Ils vont récolter une catastrophe à force d'être aussi contents d'être ordonnés. » L'Henriette d'Alain l'a apportée sur une assiette et elle a dit en baissant la tête :

— A qui je la remets, s'il vous plaît ?

Et nous avons su que Claire avait reçu une lettre. Personne n'a répondu. Les joues enflammées, maman a versé du café sur la table, dans les soucoupes et même dans les tasses.

— Cela devait arriver, a dit papa.

La lettre a été déposée devant Alain. Il l'a poussée vers maman et maman l'a un peu éloignée et la lettre est restée au milieu de la nappe aux coquelicots brodés. L'enveloppe salie, raturée, gribouillée de trois adresses différentes, Paris, notre campagne et maintenant la Bretagne d'Alain, les timbres rouges et verts et le coup de tampon gras, violet, CORREOS DEL PERU, et puis un lama dessiné sur une montagne, BP. PERM. N° 41. Et puis un cachet, LIMAPRUDENCIA, 5 DE JULIO, on a eu le temps de tout voir.

— COR-REOS DEL PE-RU, a ânonné lentement Valérie, avec la même tête vexée que si Claire avait été là.

J'ai dit :

— Ben quoi, c'est pas interdit.

Papa a pris la lettre, il l'a retournée, il a déchiffré le cachet de la poste française, au dos, PARIS DISTRIBUTION 13 JUILLET, il a lu ces mots maladroitement, tout haut, sa main s'est mise à secouer la lettre imperceptiblement, puis plus fort. Maman a appelé :

— Jérôme !

Comme si papa était loin, comme s'il était parti en exil au matin du 13 juillet, au matin où Claire est partie sans dire au revoir ni rien.

— C'est une bien triste coïncidence, a dit Alain.

Assis immobile sur le fauteuil d'osier, face à la fenêtre, il avait l'air plutôt contrarié. Valérie a haussé les épaules :

— Qu'est-ce qu'on fait ?

Maman a repris les yeux larges qu'elle avait eus pour dire :

— Je veux voir mon enfant nue une dernière fois.

Et je suis devenue toute rouge :

— On la brûle, maman, je t'en prie, je t'en prie, faut pas l'ouvrir, elle ne veut pas, je ne veux pas.

— On a le droit de savoir, a dit Valérie.

Je l'ai regardée en plein sur son nez refait :

— C'est parce que personne ne t'écrira jamais du Pérou que tu veux qu'on l'ouvre.

Maman m'a traitée de méchante avec découragement :

— La mort de Claire ne t'a pas servi de leçon ?

Songe au remords que tu aurais si Valérie mourait après que tu lui as parlé comme ça.

Je n'ai pas voulu répondre. Maman a ouvert la lettre de Claire avec un couteau, elle a sorti une feuille de papier quadrillé, pas du papier à lettre, une feuille qui avait été arrachée d'un bloc de travail pour écrire vite à Claire. Au dernier moment, elle a dit :

— Le cœur me manque, lisez tout haut, Alain.

— Non, a dit Alain, je préfère que ce soit père.

— Eh bien, a dit papa, ce sera comme dans la chanson, le plus petit sera mangé le premier, viens là, toi.

Je ne pouvais pas le croire, mais papa souriait du coin des yeux, comme il avait dû sourire à Lulu Diamant, comme il souriait à Claire quand il mettait sa cravate couleur de perle pour l'emmener manger des huîtres. C'était exactement le père que j'aime. J'ai grimpé sur ses genoux et le soleil sorti d'un nuage est passé en rafale sur la table et s'est retiré tout de suite. Papa avait ouvert la feuille, je me suis bien gratté la gorge :

— On commence, papa ?

Il a fait signe que oui, avec son petit sourire. Peut-être avait-il lu le début. C'était une écriture difficile, alors j'ai été obligée d'aller lentement.

Iquitos, 5 juillet.

Ma bichette,

42° à l'ombre. Peu de sommeil, beaucoup de travail. Des gens amorphes, impossibles à faire bouger à cause de la chaleur. Des pluies violentes qui transforment tout en marécage. Des difficultés continuelles... tourne la page s'il te plaît...

... et pourtant je trouve le moyen de m'ennuyer de toi.

Que fais-tu ? Que deviens-tu ? J'ai tant besoin de te savoir heureuse. Que veux-tu, ma vie est ainsi faite ! J'ai hâte que tu puisses voir tout ce que je suis en train de tourner. J'ai plein de projets pour nous deux. Une série télévision pour le Canada et un documentaire italien sur les courses automobiles, enfin tu verras. Je te raconterai tout. Pense à moi très fort, je le sentirai et j'aurai l'impression que tu m'écris.

Je serai de retour le 12 ou le 13 juillet, peut-être avant que cette lettre te parvienne ; les postes sont bizarres ici. Je te télégraphierai. Vive nous ! Je t'embrasse tendrement.

FRÉDÉRIC.

Valérie a poussé une exclamation, elle a montré du doigt quelqu'un d'invisible, elle a dit :

— C'est lui, maman ! Le type qui est venu à l'enterrement, tante Rébecca l'a embrassé, celle-là, elle n'a jamais eu aucune moralité. Et il fait du cinéma, en plus, cela ne m'étonne pas avec ses lunettes noires !

C'était lui, le type du télégramme bleu, le rendez-vous dans l'Etoile polaire, le grand babouin avec des lunettes noires ? J'ai dit à Claire :

— Ben, mon vieux ! comme elle avait dit elle-même parce que j'avais tellement grandi. Alors, on t'aime jusque dans le Pérou ?

Alain baissait la tête, il traçait des lignes sur la nappe avec un couteau. Sur son front, les rides avaient l'air dessinées au crayon. Papa repliait la lettre, il se grattait la gorge ; à mon avis, il hennissait en douce – le chant des chevaux qui ont sauté la barrière – mais peut-être que je me fais des idées. Maman rangeait à sa droite les tartines grillées, une à une, bien en pile, et puis elle a regardé Alain avec des yeux où Claire était ressuscitée, elle a voulu que Claire regrette, elle a dit :

— Alain, dites que vous me pardonnez. J'ai eu tort, je m'en accuse, mais c'est en même temps une si grande joie pour moi de... oh, pardon, pardon de vous avoir tous choqués.

Papa a dû trouver que maman exagérait :

— Mais, Véronique, il n'y a aucun pardon à demander. Ils s'étaient déjà dit adieu en cachette, elle et lui. Et ils s'étaient embrassés. Et même, elle lui avait donné une photo d'elle avec la recommandation de ne la montrer à personne, jamais.

On a tous regardé papa comme s'il était devenu fou.

— Tu brodes, tu brodes, a dit maman précipitamment.

— Mais non, a dit papa, quand on aime, on aime éternellement.

Il a pris un air entendu, il s'est éclairci la voix à plusieurs reprises pour chasser sa gêne et puis il a dit :

— Assez. Trop affreux et d'ailleurs sans aucun intérêt.

Il m'a fait descendre de ses genoux et il est parti sans regarder personne.

— Ma bichette ! a répété Valérie. Il l'appelle « Ma bichette » devant nous !

Elle a poussé une sorte de ricanement. Et moi, je regardais une mouche se savonner les pattes dans la confiture et j'avais envie de sourire. Dans ma tête, il y avait un grand type avec des lunettes noires, les mains dans ses poches, il sifflait l'air du cow-boy qui va manger un poulet rôti.

Claire, ébouriffée, rêvait au soleil, donnait son petit nez au soleil, trouvait belle la vie au soleil et tant pis si elle avait les yeux vides désormais.

C'était cela, la vie que je voulais, hors des limites du métronome, bondissant dans l'instant du Pérou à la maison trop bien rangée en Bretagne, sans peur de la terre qui enfouit puisque la terre est si grande.

Sans peur des lances, des flèches, des feux grégeois, des bombes, toutes ces souffrances du dictionnaire. Sans peur des révolutions, du cancer, des voyages dans la lune, toutes ces interdictions de grand-mère. Sans s'agenouiller, sans prendre le thé, sans vouloir une situation morale de premier ordre.

Et je regardais Claire sans la voir, Claire déchiquetant à petits coups de dents le télégramme bleu, le mangeant, pour être sûre de ne pas l'oublier derrière elle en partant.

Maman a repris la lettre, elle l'a tournée entre ses doigts :

— C'est pour la lire une dernière fois. Après, fini... quand même, je ne voudrais pas que le souvenir de Claire en soit terni.

— Ce serait regrettable en effet, a murmuré Alain.

Je me suis levée avec au moins dix-huit ans d'âge, j'ai dit à maman d'égale à égale :

— Je ne vois pas qui tu veux ménager. De toute manière, Alain ne peut plus rompre ses fiançailles avec Claire.

Maman m'a rajeunie en vitesse, elle m'a donné une gifle.

Nous avons fait un duel, maman et moi. J'ai mis ma chemise péruvienne à poignets de dentelles, mon pantalon noir à large ceinture, mes bottes à éperons d'argent, j'ai armé mes pistolets en relevant les chiens et j'ai visé maman en plein front après la gifle :

— Tu veux vraiment me forcer à partir comme Claire ?

A part le jour où elle m'a mordue, maman n'avait jamais osé me toucher. Quand elle est de bonne humeur, elle dit :

— Tu m'intimides à me regarder comme ça.

Quand elle est énervée, elle dit :

— Arrête de me regarder comme ça.

C'est tout. Elle n'avait encore jamais osé porter la main sur moi. Sur Claire, oui, tout le temps. Henriette dit :

— Si on comptait toutes les gifles que votre mère a envoyées à cette enfant, on aurait de quoi recueillir des applaudissements pendant cinq minutes.

— Monte dans ta chambre, a balbutié maman, va-t'en, tu ne sais pas ce que tu dis.

Alain et Valérie n'avaient pas bougé, je voyais leurs yeux comme des petites boules de plumes prêtes à pousser des cris stridents. J'ai dit à maman :

— Alors, suis-moi, je veux te parler.

Nous avons monté l'escalier l'une derrière l'autre, droit dans le désert du Pérou, avec une menace dans chaque cactus et l'illusion que, peut-être, tout pourrait redevenir pur, facile, que franchie la ligne d'horizon on pourrait à la rigueur tout oublier.

Voir venir de très loin les silhouettes et choisir celles à éviter, celles à croiser. Dans ma chambre, maman s'est adossée à la porte, toute pâle, un peu fléchie sur ses jambes ; je lui ai dit :

— Pourquoi l'as-tu toujours enfermée, giflée, punie... Pourquoi ?

— Il le fallait, a gémi maman, tu me fais mal, tais-toi mon chéri, tu ne peux pas comprendre.

Elle s'est caché la figure et je me suis entendue crier :

— Pourquoi ? Dis-le, qu'est-ce qu'elle t'a fait ?

— Elle était dure, elle ne voulait pas obéir, elle se serait fait du mal à elle-même, tu ne peux pas comprendre, a répété maman.

Nous nous sommes regardées, maman et moi. Le silence était si fort que je croyais l'entendre tomber, éclater au ras des pieds avec de minuscules violentes explosions. Mon cœur a sauté devant moi, informe, rouge et strié comme sur la planche d'anatomie et il a battu avec des bruits de clapets mouillés.

J'ai dit à maman :

— Elle pleure, elle pleure tout bas la nuit, et elle répète : « Qu'est-ce que cela veut dire tout cela, Frédéric ? Est-ce que tu penses à moi ? Est-ce que tu penses parfois que je suis la seule pour toi ? »

— Ah, je m'en doutais, a dit maman en se laissant tomber sur le lit.

Elle a eu ce regard qu'elle a attrapé depuis la mort de Claire, regard un peu fou de tristesse impuissante ; elle a supplié doucement :

— Raconte encore, mon chéri.

— Elle parle d'autres choses aussi, et elle rit tout haut, et j'ai peur qu'elle sache que je suis réveillée.

— Encore, a réclamé maman.

Mais je ne pouvais pas lui raconter Claire. J'ai déposé mes bottes à éperons d'argent, mes pistolets, j'ai été m'asseoir à côté de maman.

J'ai dit pour la consoler :

— Tu peux me punir, si tu veux.

— Plus jamais, a dit maman.

Et elle m'a prise dans ses bras, et elle m'a caressé les cheveux, murmurant pour elle-même et feignant de dormir, les yeux clos :

— Dors, mon bonheur, mon petit bonheur, maman va prendre tout ton mal.

Les mots qu'elle dit quand nous sommes malades et que nous nous endormons sa main serrée contre notre cœur. Pour penser à Claire dans les bras de maman, j'avais fermé les yeux et je n'en pouvais plus.

Toujours, j'entends Claire la dernière nuit, quand elle a tourbillonné comme une flamme blanche, quand elle s'est arrêtée devant moi :

— Jure que tu ne diras rien.

Je n'ai pas répondu. J'ai fait semblant d'avoir sommeil et j'ai tiré le drap par-dessus ma tête en récitant ma prière qui m'endort : « Dieu, oubliez-moi, s'il vous plaît. » Mais je n'ai pas pu m'endormir, Claire s'est mise à pleurer tout bas dans le noir, et à rire tout haut et elle murmurait : « Très souvent j'ai besoin de toi, je t'appelle. J'imagine que je suis malheureuse parce que tu n'es pas là. Je dis : "Mon Frédéric, mon Frédéric, je répète, je répète tout cela et d'autres fois encore je pense à me tuer. Je pense à mourir. Parce que je me dis que j'ai fait le tour de ma vie." »

— Je voudrais cesser de vivre, a dit Claire cette nuit-là, avec cette voix si étouffée et qui porte si loin quand on a très envie de pleurer. Pas vraiment cesser de vivre parce qu'on garde l'espoir. Je garde l'espoir ; je me dis très souvent, je me dis : « Il n'est pas possible qu'un jour je... je ne vive pas avec Frédéric. » J'aurais voulu avoir ton enfant, j'aurais voulu avoir le petit enfant de l'année dernière, rêver d'un enfant qui grandisse, qui dorme au milieu de nous dans le grand sofa blanc. Il serait né maintenant. Tu n'as pas voulu. Tu as dit que tu avais peur de moi. Parce que j'ai voulu te faire croire que j'étais seule.

« Que je n'étais pas soutenue par une famille. Que je

n'étais pas soutenue par de l'argent. Que je n'étais soutenue par rien.

« Je ne sais plus ce que je veux. Je ne sais plus ce que j'attends. J'attends demain. Une dernière fois demain. Après, seuls rendez-vous avec vous dans l'Etoile polaire ? Grotesque. Et après ? Rien. Et après, c'est long. Avoir le courage. Accepter qu'Alain m'embrasse chaque fois qu'il en a envie. C'est difficile. Je ne sais plus où nous sommes.

Et puis Claire s'est mise à rire dans le noir, elle s'est accroupie sur son lit, dans sa chemise de nuit blanche, comme les bédouins qui guettent l'aube. Elle a eu un vrai fou rire :

— Les gens qui m'aiment bien disent que je ne suis pas mûre. Moi qui m'aime bien, je me dis aussi que je ne suis pas mûre mais que je ferais mieux d'en prendre mon parti parce qu'à mon âge, hein ? Je ne peux pas m'empêcher de rire, souvent. Tellement tout est bête. Tellement mon temps est devenu vide. J'ai bien peu de fierté, s'il faut que je fasse une petite critique à mon égard. Quand même. Si je dois me souvenir. M'avoir fait avorter. M'avoir menti. Deux cents fois ?

Et puis Claire s'est allongée à nouveau dans le noir, elle a pris un petit ton mondain, comme si elle parlait vraiment à quelqu'un :

— Allons, Frédéric, ne fais pas cette tête, s'il te plaît, tu sais bien qu'il n'y a rien de changé dans mes sentiments à ton égard. Mais oui, tu m'aimes, je sais. A ta manière !

Tu dis :

— Nous, nous ne serons jamais séparés.

De temps en temps tu recommences ; tu dis :

— On est jumeaux.

Tu dis de nous :

— Nous sommes jumeaux. Et quand tu es triste, tu dis :

— Heureusement que tu es là !

Ou encore, avec un gros soupir :

— Tant que l'un de nous deux ne s'éloigne pas !

« Si j'ai un enfant qui n'est pas à toi, j'ai l'impression que je serai détruite par cet étranger. Mais il serait très possible, idiote comme je suis, que je ne t'aime pas, au fond ? Que ce soit un de tes cinémas que je me fasse ? Comme je ne peux pas vivre avec toi, je dois me figurer que je t'aime. Malin, non ?

« Si on pouvait savoir au lieu de se faire des idées. Pendant longtemps, on croit que l'amour c'est, ce sont des émotions fortes. Besoin de Frédéric. Frédéric unique au monde. Mon œil. Maintenant, je crois que l'amour, ou le prétendu amour, c'est une parenté. On ne peut renier ni son père ni sa mère. On les a pour la vie, qu'ils vous conviennent ou pas. Eh bien, quand on aime quelqu'un, quand on aime Frédéric, on peut avoir de l'angoisse, ou le désir de le blesser, de se venger, on peut se marier bêtement avec quelqu'un d'autre comme je vais le faire, malgré tout, tu fais partie de moi, voilà.

— Tu fais partie de moi, un point c'est tout, a dit Claire à Frédéric absent. Même Gaspard, tu sais ce qu'il dit, Gaspard ? Il dit :

« — Frédéric et sa femme, cela ne marchera pas.

« Il dit qu'elle est autoritaire. Tu serais furieux, hein, si tu le savais ? Il dit que tu as l'air malheureux. Il dit que toi et moi nous avons raté quelque chose. Toi aussi, tu me l'as dit. Tu me l'as dit dans ta voiture, avenue d'Iéna, le soir, et moi je t'ai dit :

« — Non, non, il ne faut pas que tu m'embrasses, maintenant je vais me marier, on pourrait nous voir.

« J'attends que tu m'écrives. Tu dis toujours :

« — Dès que j'arrive là-bas, je t'écris.

« Chaque fois que tu es loin, je te manque et tu me l'écris et moi je déchire la lettre, ou la carte postale, ou le télégramme. Parce que j'ai peur que quelqu'un le trouve. C'est dommage que j'aie autant de mémoire. On ne peut pas s'empêcher de se demander pourquoi ?

« Pourquoi ? On ne peut pas comprendre. Quand je t'ai annoncé que j'allais me marier, moi aussi, tu m'as donné la petite chaîne. Elle est devenue toute noire autour de mon cou. Alors je me suis dit, c'est que l'amour entre Frédéric et moi est devenu tout noir, immontrable au grand jour. La petite chaîne a noirci.

« Tu m'as dit que tu étais à la fois très heureux et très malheureux de mon mariage. J'espère que tu as menti pour très heureux.

« Et toi, quand tu es parti te marier, tu m'as téléphoné, tu parlais très bas, tu avais peur qu'elle t'entende et tu m'as dit que.

« Que tu avais très peur, a répété Claire en s'étranglant. Que tu portais sur toi le petit os de Mérovingienne que je t'avais donné. Frédéric, ce n'est pas vrai ? Pas possible tout ça. Une sale blague. Je ne comprends pas.

Elle a reniflé deux ou trois fois et puis elle a pris un nouveau ton, raisonnable :

— Il faudrait que tu sois heureux. C'est cela que je me dis, mais cela ne me fait pas plaisir. Je veux dire, si, cela me fait plaisir mais ce n'est pas une consolation. Frédéric, j'étais heureuse avec toi. Pas tellement heureuse mais l'impression. Au fond, oui, il vaudrait mieux que tu sois heureux avec ta femme vraiment, il vaut mieux et j'espère que...

« J'espère que vous deux vous aurez un enfant et tout. Quel est le sens ? Je ne peux pas comprendre. Je ne peux plus comprendre. Je ne comprends rien. Et tous ces jours qui passent et qui n'arrangent rien.

« Je crois qu'un jour, malgré tout. Malgré tout et malheureusement. Je vais me tuer. Ce sera m'interdire toutes les. Tout ce qui peut arriver encore. Mais peut-être n'ai-je pas assez d'imagination, je ne vois pas ce qui m'arrivera d'autre. Je ne vois plus. Je ne souhaite plus qu'il m'arrive quelque chose. Sauf demain. Te raconter. T'entendre. Imaginer qu'on va tout effacer et recommencer. »

Et puis, elle s'est endormie. Ou bien, moi. Le lendemain matin, elle n'a pas voulu me réveiller. Elle n'a pas dit au revoir, ni rien. Elle est partie et elle est morte. Alors, forcément, tout cela m'est resté par cœur.

Papa aussi est un traître. J'ai eu tellement honte d'avoir pensé à Claire dans les bras de maman, tellement honte qu'elle n'ait pas voulu me punir quand je lui avais dit :

— Tu veux vraiment me forcer à partir comme Claire ?

que j'ai été me cacher dans la voiture. Je suis très forte pour les cachettes. Les placards ou la voiture, ils ne regardent jamais, ils n'y pensent pas, ils appellent toujours loin, là où on n'est pas.

Je voulais bien rester toujours dans la voiture, jusqu'à ce qu'ils m'oublient et qu'ils repartent à Paris avec juste moi desséchée et ma mâchoire posée sur la banquette arrière, mais j'avais tellement faim que cet événement devenait trop compliqué. Quand j'ai été sûre qu'ils avaient été se coucher, je me suis dépliée de sous les strapontins et je suis sortie. J'avais des pattes manquantes comme les agneaux et des fuites d'air dans les oreilles. Je ne savais pas très bien quoi faire, j'ai marché jusqu'au coin du garage, la maison était noire.

Et j'ai vu papa immobile, tout près. Et j'ai cru que papa était immense, qu'il avait des bras chauds où on pouvait voyager et je me suis retrouvée là-haut dans ses bras. Pour une fois, mon truc de crisper les doigts de pied dans les chaussures n'a pas marché, je n'ai pas pu m'empêcher de pleurnicher mais je n'ai pas eu tellement honte parce que papa a poussé le verrou de la cuisine et a juré que personne ne me verrait.

On a mangé des œufs sur le plat et onze tartines trempées dans du chocolat au lait. Papa m'a prise sur ses genoux, il a voulu savoir pourquoi j'avais disparu. Il a dit « disparu » comme les gens disent pour Claire et alors, c'est sorti malgré moi, j'ai dit :

— Parce que je ne veux plus vivre avec vous.

— Pourquoi ? a demandé papa.

— Parce que je ne veux pas devenir pareille à vous.

— Qu'avons-nous donc de si horrible, à ton avis ?

J'entendais bien à la voix de papa qu'il ne me prenait pas au sérieux, alors c'était encore plus difficile à expliquer.

— Je ne sais pas. Le métronome. Grand-mère. Le chanoine. Interdiction d'aller dans la lune même quand tout le monde ira. Enfin, tout.

— Le métronome ? a dit papa en souriant sous sa moustache.

— Cette chose. Cette chose qui vous fait faire toutes les choses.

— Bon, a dit papa. Essayons d'être un peu plus précis. Que désires-tu exactement, tu le sais ?

— Je veux être comme Claire. Comme Lulu Diamant.

— Lulu Diamant ? Qui t'a parlé d'elle ?

— Tante Rébecca.

Papa m'a posée par terre ; il a croisé les jambes, il a dit :

— Tu sais, elle est un peu zinzin, ta brave tante.

Il a dit que Lulu Diamant s'appelait Madeleine Trignon. Elle était bretonne mais elle parlait avec l'accent anglais. Elle disait que son rêve était de regarder tomber la pluie derrière les vitres d'une cabane en mangeant avec ses doigts des châtaignes trempées dans de la crème fraîche. Elle mentait, elle ne voulait pas manger. Un de ses buts dans la vie était que ses côtes demeurent comme les arceaux d'une cage où battait son cœur.

— Pose ta main, Jérôme, sens comme il est proche, tu pourrais presque le prendre, d'une secousse du poignet, comme un pêcheur relève sa ligne ; tu veux ?

Papa allait l'attendre à la sortie des mannequins, rue Royale, et ça, c'était un spectacle ! Ces jeunes femmes savantes dans leur grâce, marchant précieusement, porteuses de parures et de chance...

Certaines avaient eu des destins politiques, diplomatiques. On pouvait encore en reconnaître quelques-unes à la première page des journaux, elles n'avaient rien perdu de leur port de tête, de leurs bouches mystérieuses, de leur silence.

Mais Lulu Diamant ne supportait pas le silence, elle courait chez Maxim's, elle se nourrissait de champagne :

— Tu comprends, Jérôme, c'est chimique, nous sommes ce que nous absorbons, je finirai par devenir bulles, écume, mousse au soleil.

Lulu Diamant n'était pas raisonnable. Papa tombait de sommeil, elle l'empêchait de fermer les yeux :

— Si tu me quittes un instant du regard, je n'existerai plus, je le sais, je le sens.

Papa avait commencé à ressentir des démangeaisons sur tout le corps, c'était Lulu Diamant qui le grignotait peu à peu.

— Comme les piqûres de furoncles après la mort de Claire ?

Papa ne m'a pas répondu. Lulu Diamant le voulait tout à elle, elle l'avait avoué en fermant les yeux, en souriant gentiment :

— Jour après jour, jusqu'à la fin du monde si vous le voulez bien.

Papa avait pris peur, Lulu Diamant partait déjà en bulles, on pouvait le voir à son regard de plus en plus brillant, à son thorax de plus en plus transparent où son cœur battait de plus en plus fort.

Grand-père numéro un s'était fâché :

— Voyons, Jérôme, tu ne vas pas te retrouver avec une malade sur les bras ? Une fille qui ne sort de nulle part, qui n'arrivera nulle part, crois-moi. Qui n'est soutenue ni par une famille ni par de l'argent, qui n'est soutenue par rien.

Papa avait cru grand-père. Il avait dit courtoisement à Lulu Diamant qu'il allait réfléchir. Lulu Diamant avait compris. Elle avait souri à papa, son rouge à lèvres mis tout de travers pour la seule fois de sa vie.

Ils s'étaient dit adieu en cachette, elle et lui. Ils s'étaient embrassés et même, elle lui avait donné une photo d'elle avec la recommandation de ne la montrer à personne, jamais.

Très vite, elle avait épousé un banquier. Elle n'était pas devenue plus raisonnable, elle continuait à refuser de manger, son estomac était devenu si petit qu'un biscuit suffisait à le remplir.

— En fait, a dit papa, cette pauvre Madeleine n'était pas très intelligente.

J'ai écouté papa jusqu'au bout. Je faisais bouger mes doigts les uns après les autres, le pouce, l'index, le majeur, l'annulaire, le pouce à nouveau. Je ne lui ai pas rappelé la verrue que Lulu Diamant portait au doigt, papa a trop oublié. Je l'ai regardé, son visage fatigué, presque bouffi, grisonnant, une trace de furoncle sous le menton ; je lui ai dit :

— Tu sais, je t'aime bien quand même.

Il y a eu la séance de pardon à maman. Comme d'habitude, elle a dit :

— Je te pardonne et tu me pardonnes.

C'est sa formule. On ne sait plus où se mettre. Elle est là, devant nous, et ses yeux deviennent encore plus chauds, encore plus bleus ; elle rit :

— Mon pauvre chéri, tu as une mauvaise mère, une mère nerveuse, une mère qui ne vous aime pas du tout.

Nous, on soupire. Cette fois-ci, il a fallu que je demande pardon en plus à Alain, à Valérie et même à Olivier et Charles parce qu'il paraît que j'avais offensé tout le monde en me cachant dans la voiture. J'ai fait tout ce qu'on a voulu.

— Tu comprends, mon chéri, il faut profiter des vacances pour se remettre, gagner un kilo ou deux si possible pour pouvoir avoir la grippe en automne sans perdre le bénéfice de ce bon air marin.

— Respirez fort, humphh, ça vous chasse les toxines, et ces joues roses que prennent les enfants, c'est un capital santé que nous vous donnons là.

— Pensez aux enfants qui ne vont jamais en vacances, leurs mines de papier bouilli.

— Nous avons traversé une très grande épreuve, nous en sortirons avec la grâce de Dieu. D'ailleurs, le plus dur est passé.

— Croire à la vie éternelle, ça aide, c'est sûr.

— Sinon, il y aurait de quoi se suicider, peut-être.

— J'appréhende beaucoup la rentrée à Paris, quand nous allons retrouver tous ces objets qui appartiennent à Claire. On a le cœur qui se brise, tenir dans sa main une robe qu'elle ne mettra jamais plus, un foulard, un flacon de parfum.

— Tu devrais écrire à Henriette qu'elle donne toutes les affaires de Claire à un vestiaire de jeunes filles pauvres. Et puis qu'elle fasse repeindre la chambre, peut-être.

— Tu as raison, c'est décidé. Mais nous garderons chacun un souvenir, réfléchissez bien avant que j'écrive.

— On devrait brûler les faire-part qui restent.

— Ma petite fille vivante qui n'aura jamais quarante ans. Suis-je coupable d'y penser ?

— Dieu, dans sa bonté, l'a soustraite aux souffrances, aux dangers, aux peines de la vie ; c'est cela qu'il faut se répéter.

— Voyez-vous, Alain, ne me jugez pas cruelle, il m'arrive de penser que vous n'auriez pas été très heureux avec Claire. Elle était trop jeune, trop impulsive encore.

— Moi, je n'oublierai pas que tu as été sa dernière joie sur la terre, Alain. Au fond, elle est morte en plein bonheur.

— Dites-le-moi, mes enfants chéris, dites-le-moi, ou je ne pourrais pas guérir.

Qui parlait ainsi ? Papa, maman, Valérie, Alain, personne, assis interminablement autour du thé servi parce que la pluie tombait.

Des odeurs montaient, goudron, algues pourries, sable mouillé, feuilles mortes. Olivier et Charles avaient baptisé « Boblock » l'Henriette d'Alain. Ils passaient leur temps à se disputer pour monter sur son dos. A quatre pattes, elle encaustiquait les marches de l'escalier ; elle grognait :

— Vous allez voir si je ne vais pas ruer, moi, tout à l'heure, que vous en garderez les cinq doigts sur vos fesses.

Mais ils continuaient à la fouetter avec le chiffon à poussière :

— Hue, Boblock !

Je les enjambais pour grimper dans ma chambre.

— C'est vrai que t'es dans l'âge ingrat ? criait Charles avec sa grosse voix. Maman l'a dit pendant que tu étais cachée dans la voiture.

Je fermais la porte à clé. Les murs étaient vides. Le dessus-de-lit à carreaux rouges et blancs, les rideaux, pareil. Sur le plancher blanchi à l'eau de Javel il y avait parfois une sauterelle. Je m'asseyais près d'elle, les genoux sous le menton. Je lui faisais une prison avec ma main. Elle bondissait, elle me chatouillait, j'imaginais qu'elle cherchait un point d'évasion, sans méthode mais sans se lasser. Et puis, sans raison, elle s'abandonnait au fond de son trou, faisait la morte. Et à nouveau, je sentais ses pattes palpiter fébrilement, dans tous les sens, rien ne la décevait, rien ne l'arrêtait, comme si le trou noir de la main refermée était devenu toute sa vie au monde, sans espoir d'en sortir.

Je desserrais les doigts, je lui laissais une ouverture au creux de mon pouce, elle ne la trouvait pas cette idiote. Elle continuait à frapper avec sa tête de sauterelle, elle avait déjà perdu la mémoire d'ailleurs. J'ouvrais la main.

Au-dehors, la nuit était en train de venir. Je descendais les rejoindre autour du thé servi.

— On ne sait quoi faire des enfants quand il pleut, disait quelqu'un.

Ce que j'aime dans la classe verte c'est que le soleil tombe sur moi. Il chauffe toute la rangée de gauche, le long de la verrière et, au dernier trimestre, nous sommes cinq filles à avoir un bras et une joue bronzés. Devant le tableau noir, sœur Dolly nous apprend à téléphoner en anglais. Quand vient mon tour, je monte sur l'estrade, je mets mon poing en écouteur, sœur Dolly fait pareil et nous appelons à longue distance.

— *How do you do?* fait sœur Dolly avec enthousiasme.

Moi aussi je me mets presque à crier pour être sûre qu'elle entende.

— *How is Claire ?*

— *She is fine*, dit sœur Dolly.

— *Has she eaten her rotten chicken ?*

Sœur Dolly coupe la communication :

— Pas « *rotten* », mon petit. « *Rotten* » *is* « pourri ».

Je dis toujours « *rotten* » pour « rôti ». Mais nous en sommes seulement au vocabulaire de la ferme et nous n'avons pas encore beaucoup de sujets de conversation. Sœur Dolly sent le café au lait et la poussière, elle marche à brusques enjambées en faisant sonner son chapelet dans les plis de sa jupe. Caroline jure qu'elle est un garçon déguisé.

Caroline est ma meilleure amie. Enfin, elle m'a choisie comme meilleure amie. Elle ressemble à notre cocker Bobby avec ses cheveux marron qui pendent de chaque côté de son menton pointu. Pour lui faire plaisir, je joue à avoir le cafard, comme elle, les dimanches où nous ne sortons pas et où nos parents peuvent venir nous voir au parloir. Nous nous asseyons sur la pelouse, Caroline arrache les brins d'herbe un par un, elle demande toutes les cinq minutes :

— Toi aussi, Berthe, tu es triste que tes parents ne viendront pas ?

Et je lui réponds :

— Mais oui, Berthe.

Caroline et moi, nous nous appelons mutuellement Berthe. Nos lits sont l'un à côté de l'autre, au dortoir vert, et le matin on se dit :

— Salut, Berthe !

— Salut, Berthe !

Ainsi, nous ne sommes personne, c'est agréable. Aux heures de repos surveillé, nous nous promenons dans le parc, sauf près du mur, il y a des buissons et c'est interdit. Caroline saute le plus haut possible, elle se plaint :

— On ne voit rien avec ce mur, je voudrais sortir d'ici.

Moi je suis contente derrière le mur. Il y a en liberté un vieux cheval au dos arqué qui s'appelle Cloclo, il appuie ses naseaux au creux de notre main, il souffle longuement, un frisson électrique lui parcourt l'échine et fait voler les mouches. De l'autre côté de la clôture de la communauté, on voit les bonnes sœurs qui jouent au ballon. Les filles passent lentement dans les allées, deux par deux, elles chuchotent, leurs cheveux poussent ou alors elles les relèvent d'une manière nouvelle et il arrive toujours une année où le ruban de couleur change à notre boutonnière. Rose pour le groupe des petites, vert pour le nôtre, bleu pour les grandes.

Changer de ruban, c'est le seul événement qui m'intéresse, avec la visite des anciennes, le jour de la fête. On respire sur elles l'air du dehors, elles ont glissé d'un monde petit à un monde grand, on le voit bien à la manière dont les bonnes sœurs leur parlent, avec une malice curieuse, demandant même, en cachant leurs rires derrière leurs mains, des nouvelles de leurs futurs enfants.

Je les regarde tant que je peux. Caroline me tire par la main :

— Berthe, arrête de les regarder comme ça. Tu as une manière de dévisager les gens, tu auras des ennuis plus tard avec les garçons.

Caroline ne pense qu'aux garçons. Dans le train qui nous ramène à Paris un samedi sur quatre, elle s'arrange pour faire de l'œil au contrôleur. Elle prétend qu'il lui répond.

A la rentrée de septembre, Caroline a voulu m'épater, elle a sorti un soutien-gorge volé à sa mère et elle a planté les poings sur ses hanches :

— Qu'est-ce que tu paries que je le mets avant le printemps ?

— Ma pauvre Berthe, moi je n'ai pas besoin de ça pour récolter un petit ami.

Après, tous les soirs, on jouait à se raconter Frédéric dans le noir.

— Malheureusement, il est obligé de porter des lunettes fumées, même pour dormir. Il s'est brûlé les yeux en filmant le soleil à bord d'un jet. A cette altitude, le ciel vous ronge la vue comme un rien, tu sais. Il est redescendu aveugle, sa mère était folle d'inquiétude.

Caroline faisait semblant d'être atterrée :

— Ma pauvre Berthe ! Alors, quand on vous prendra en photo tous les deux, tu auras toujours l'air d'être au bras d'un condamné, avec ces lunettes qui lui feront comme un bandeau d'anonymat sur la figure.

— Ce sera drôlement pratique quand il sera célèbre, réfléchis.

Caroline se retournait de rage dans son lit. Elle parlait le nez dans l'oreiller :

— Qu'est-ce qu'il a fait déjà comme films ?

— Oh, disais-je légèrement, il a surtout des projets. Il est débordé de projets, toujours entre deux avions, entre le Pérou et la Bretagne. Je ne pense pas qu'il ait beaucoup le temps de me voir cette année. On se mariera dans quatre ans.

— Ma pauvre Berthe, soupirait Caroline, il en aura trouvé une autre avec des lunettes de soleil et de la peau dorée qui déborde d'un bikini blanc.

J'étais tranquille. Frédéric préférait les filles avec de longs cheveux bais, si cambrées que parfois on voit les os de leurs hanches comme deux cailloux qui délimitent le champ minuscule de leur ventre. Exactement comme moi plus tard.

— Tu en es sûre, Berthe ?

— Ecoute, Berthe, il m'écrit. Et même, il m'appelle « ma bichette ».

Mais au premier parloir, Caroline est revenue en courant sur le gravier, agitant ses cheveux marron, appelant à chaque fenêtre de la classe verte :

— Berthe ! Berthe ! d'une voix suraiguë.

Elle a ouvert la porte d'un coup de pied, elle m'a regardée, ses petits yeux bruns rétrécis ; elle s'est mise à hurler :

— Menteuse, sale menteuse, Berthe ! Ton Frédéric, c'est de la blague. La vérité, c'est que ta sœur est morte pendant les vacances, ta mère l'a écrit à ma mère pour que je sois gentille avec toi. Des clous que je vais être gentille avec une menteuse pareille !

Et tout est devenu silencieux et blafard avec seulement les coups de mon cœur battant, explosant comme venu de sous terre. J'ai regardé vers la fenêtre mais il n'y avait rien à voir, qu'une masse brouillée. J'ai levé mon pupitre pour m'abriter un peu derrière et j'ai dit :

— C'est complètement faux, Berthe, je te jure.

Caroline a sauté sur moi, elle m'a secouée par les cheveux, criant toujours :

— Menteuse, tu vas me dire la vérité.

Et je l'ai agrippée moi aussi par les cheveux, j'ai réussi à lui mordre le poignet et elle a poussé des hurlements, et je l'ai traitée de chienne et sœur Dolly est arrivée.

— Sa sœur est morte, a haleté Caroline, et elle ne veut pas le dire.

— Ohohohohorrible, pauvre petit chou, chut, chut, a fait sœur Dolly.

Elle m'a prise dans ses bras, dans son odeur de café au lait et de poussière et j'ai avalé par le nez toutes les futures larmes, je suis sortie de ses bras, je lui ai dit en la regardant bien franchement dans les yeux, comme elle le demande toujours :

— Non, pas vrai. Ma mère perdu petit bébé, fausse couche, quoi !

— *What ?*

— Petit bébé, j'ai répété en lui montrant une petite dimension entre mes mains écartées. Mais elle va en avoir un autre, c'est vrai !

Après, nous avons été seules, Caroline et moi, dans la

classe verte; nous avons essayé de lire *Moby Dick*, épaule contre épaule, sans parler, sans nous regarder. Et puis j'ai senti que cela venait du plus loin des forêts pourries quand le pied qu'on pose sur les feuilles mortes fait suinter une auréole sombre à l'empreinte du pas. J'ai vu goutter sur mes genoux, sur mon tablier bleu marine, les taches sombres, une à une. Caroline aussi les a vues; elle a dit avec timidité :

— Ecoute, Berthe...

J'ai laissé tomber ma tête entre mes bras croisés sur le pupitre. Il n'y avait plus rien à opposer. Je lui ai dit :

— C'est malin, ce que tu as fait, Berthe. Maintenant j'ai envie que Claire soit là.

Et j'ai appuyé fort mon front contre le bois du pupitre, les yeux fixes dans l'obscurité, les ondes du chagrin-qui-donne-froid m'ont parcouru le dos, comme le cheval Cloclo. J'ai coulé dans le vide, un puits creusé au fond d'un désert de béton, coulant lentement avec le reste de l'univers, la classe verte, sœur Dolly, papa, maman, nous tous pas plus visibles que les parcelles de mica qui brillent dans les escaliers du métro. Nous tous, rien du tout et si on n'était rien du tout vraiment, Claire pouvait revenir, il y avait tant de milliers d'années derrière nous, on était à égalité.

Les frissons du chagrin-qui-donne-froid m'ont enveloppée doucement, sont devenus douceur réelle, douceur de plus en plus grande, joie, joie partout. J'ai relevé la tête et Claire était là.

Pas visible, non, mais vivante jusqu'au plus oublié de moi-même, prise entre les murs de la classe verte, corps divisé en pupitres, tableau noir, verrière presque sombre maintenant. Présente dans les appels multipliés qui se croisaient autour de nous, sifflement du train de sept heures, voix aiguës des filles qui passaient dans le couloir, tumulte assourdi de la télévision quelque part.

— Berthe, a dit tout bas Caroline, bouge, écoute. Il faut allumer la lumière, on n'a pas le droit de rester dans le noir.

— Encore une minute. Ecoute, Berthe, j'ai trouvé le truc, je peux la voir tant que je veux.

— Où ça ? a demandé Caroline d'une voix tremblante.

J'ai sauté sur mes pieds, j'ai éclaté de rire, « là », en montrant du doigt l'estrade, le tableau, tout. Caroline a poussé un gémissement :

— J'ai la trouille, Berthe. Comment elle est, raconte ?

Je voulais seulement faire enrager Caroline mais voilà que Claire portait un sweater jaune décolleté, un pantalon noir à larges jambes flottantes, des sandales dorées italiennes. Ses cheveux coulaient le long de ses bras, ses pas ne faisaient aucun bruit sur le gravier quand elle nous a rejoints dans l'allée de la clinique, le jour où on l'a soudée dans la boîte.

— Je ne comprends pas, Berthe. Jamais je ne l'ai vue habillée ainsi, tu penses que maman n'aurait pas permis.

Nous avons allumé la lumière et nous avons réfléchi. Caroline se rongeait les ongles.

— Ecoute, Berthe, si elle est partie de chez vous sans dire au revoir, peut-être qu'elle ne voulait pas revenir. Dans ces cas-là, tu penses, on en profite pour faire tout ce qui était défendu. Si je me sauvais d'ici, tu peux être sûre que j'irais dans les autos tamponneuses avec le contrôleur du train, je le chatouillerais sur sa moustache et on cracherait par terre des écorces de cacahuètes. Tu vois la tête de ma mère si on lui racontait ? C'est pareil.

— Comment elle est morte ? chuchotait Caroline.

Elle voulait tout le temps parler de Claire. Je tirais mon drap par-dessus ma tête, mais Caroline se penchait de son lit, me pinçait :

— On est tranquilles, elle a enlevé son voile.

A la lueur de la veilleuse, on voyait derrière le verre dépoli de son box la tête de sœur Dolly devenue ronde et non plus une voilière.

Les autres filles s'endormaient mais il fallait attendre que Louisa, la voisine de Caroline, fourre trois doigts dans sa bouche et se mette à téter pour être sûre d'être seules éveillées. Je soufflais :

— Frédéric lui a tiré une balle de revolver en plein cœur.

— Tu mens, Berthe, répondait Caroline sans s'impatienter.

— Ecoute, Berthe, c'est ma sœur, pas la tienne.

— Alors, comment ? reprenait Caroline.

— Elle a explosé sur une bombe et les gendarmes ont été obligés de dessiner son corps sur la route pour qu'on puisse la reconnaître.

— Tant pis, disait Caroline, j'apprendrai bien la vérité.

Je me bouchais les oreilles jusqu'à avoir la tête pleine d'air, je me raidissais en arc de la tête au talon, mais jamais je ne rejoignais cette étendue immense où Claire avait échappé aux étreintes, aux ordres, à la parole. Je criais à n'en plus finir, silencieusement :

— Claire, je veux te voir en vrai, une seule fois, rien qu'une fois, arrive.

Je sentais qu'elle approchait, je n'osais plus respirer :

— Je ne regarderai pas, promis, viens, oh viens.

Et puis l'air entrait de force dans mes poumons et la bulle où nous avions été contenues, Claire et moi, éclatait. Alors je me rangeais tout au bord du lit pour laisser une grande place à Claire au cas où elle viendrait pendant mon sommeil.

— Tu dors, Berthe ? murmurait Caroline.

— Oui, Berthe, tais-toi.

Et je ne bougeais plus. Sauf en me posant la main sur le cœur, personne au monde ne pouvait savoir que j'étais vivante.

Tous les quatre samedis, on est obligés de rentrer chez soi. Le premier samedi où je suis revenue à la maison, ça n'a pas raté, maman a pris un air soupçonneux :

— Tu ne me ramènes pas un mot de sœur Dolly ? Tu es sûre de lui avoir bien remis ma lettre ?

J'ai tiré sur mes chaussettes pour qu'elle ne voie pas ma figure :

— La preuve qu'elle sait, maman, elle a mis Claire dans la prière du soir.

Maman avait un nouveau calme. Elle n'arrêtait pas d'écarter un peu plus les rideaux safran, de ranger les bouteilles de liqueur par ordre de taille, d'aller voir si c'était vraiment une tache, là-bas, que nous avions faite sur le mur, Olivier, Charles et moi, avec notre habitude de mettre nos pattes sales partout.

Papa était vieux. Il téléphonait, il empilait des dossiers sur son bureau, partait avec son appareil dans la voiture pour aller prendre des photos du triangle la pointe en bas (cela voulait dire « stop ! ») au carrefour de la route nationale où la grosse Chevrolet avait écrasé Claire. Papa parlait tout seul, il ne faisait que s'asseoir et se relever :

— J'aurai sa peau. Je lui ferai retirer son permis de conduire. On verra comment il se débrouillera pour vendre ses cochons à pied. Je le ferai mettre en prison. Je le ruinerai. Des millions de dommages et intérêts.

Il promenait partout avec lui un tas de factures, serrées sous son bras, il les déposait à côté de lui, sur sa table de nuit avant de se coucher, il parlait à Personne, frappant les feuilles du dos de sa main :

— Elles sont toutes là, depuis la note de l'accouchement jusqu'aux frais que nous avons engagés pour son mariage. Il me la paiera, sa robe de mariée. Il croit peut-être que je vais me laisser déposséder ? C'est un capital, un enfant, et nous le plaiderons !

Et puis il se laissait tomber sur une chaise, il se mettait à pleurer, sa grande figure grise toute secouée. Maman me faisait un signe muet pour que j'aille le consoler. Mais je passais devant lui sans le regarder. J'étais dégoûtée des larmes. Pour grandir, pour partir, il ne faut avoir besoin de personne. Il faut être seul au monde. Etre seul et en même temps être partout. Dans l'instant du Pérou à la Bretagne.

Je me répétais :

— C'est comme ça, ouais, ouais, ouais, en sautant à cloche-pied dans le couloir.

Tout le monde s'habille en noir pour un procès. Il y a de grandes rangées de bancs, comme dans la classe verte, mais elles sont presque vides. Les professeurs sont alignés sous le tableau noir, ils ont la figure barbouillée de craie, avec juste un trait rouge pour la bouche. Pour une fois, papa et maman sont maigres. Ils se tiennent debout, les mains serrées sur une barre de fer. Il y a un avocat en grande robe qui marche très vite et le bas de sa robe voltige, ses manches aussi quand il brandit très haut les mains et qu'il déclame :

— Cent francs le kilo de saumon, messieurs-dames. Quatre cent quatre-vingts francs une veste d'amazone beige bordée de brun pour mettre avec des pantalons. Un million de francs pour une pelouse avec un million de brins d'herbes où cette jeune fille a grandi certains jours.

Sur un guéridon branlant, un nain poilu avec une barbichette passée au cirage noir s'écrie à chaque chiffre :

— Je présume !

Pour faire sérieux. Il tourne la manivelle d'une machine à calculer pour enregistrer la somme et la bande de papier s'étire, s'enroule, finit par tomber sur le parquet poussiéreux où elle rampe comme un gros vers blanc. Et le nain fait une gigantesque cabriole, il retombe adroitement sur ses pieds devant la rangée de professeurs, il annonce d'une noix nasillarde :

— Cent soixante dix-sept mille huit cent quarante heures de préparatifs pour faire mourir cette jeune fille de quarante-six kilos... A combien me faites-vous le kilo, messieurs-dames, que je puisse finir mes totaux ?

— Objection ! hurle l'avocat. Les heures de soleil sont beaucoup plus chères. Il faut inclure de nouvelles dépenses de glaces à la fraise, des magazines stupides qu'on ne lit pas en période d'hiver. Et la location de la bicyclette pour la dernière promenade, vous me la comptez pour rien ?

Papa ouvre piteusement son portefeuille, il le secoue pour montrer qu'il est vide :

— On m'a tout enlevé, fait-il d'une voix mouillée. Voyez, il ne me reste rien, mes autres enfants sont complètement dévalués.

Le professeur principal frappe un grand coup de marteau qui résonne ; il dit à papa :

— Vous avez payé le droit de vous taire, profitez-en. Assassin, levez-vous.

Arrive un petit monsieur très convenable, il marche à quatre pattes, les jambes bien tendues pour ne pas faire de poches à son pantalon neuf, vert-de-gris comme les chaudrons mal astiqués. Sa seule indécence est sa bouche où s'accumulent des bulles blanches. Il a une voix de petit babouin, il se traîne à genoux devant papa et maman, il tend vers eux ses mains jointes :

— Dieu le père et Dieu la mère, pardonnez-moi parce que je ne vous ai pas offensés. Ma foi me soutient et aussi mon aile de voiture, voyez le rapport d'expert, elle est à peine écaillée. Le soleil est mon témoin, il vous confirmera mes dires, votre jeune fille s'est jetée sur moi pour que je la protège, pour que je la sauve. Elle m'a dit :

— Enfin vous voilà, monsieur. Je vous attendais. Evidemment, votre visage n'est pas très beau, j'ai connu beaucoup mieux, si vous saviez ces visages qu'on m'a envoyés du Pérou. Enfin, ne perdons pas de temps, vous êtes très bien tout de même.

— Faux ! s'écrie maman. Nous attendions Claire pour déjeuner.

Le petit monsieur secoue tristement la tête :

— Je ne mentirais pas devant vous, Dieu la mère. Elle a même insisté pour payer son passage, un diamant de vingt-cinq millions qu'elle portait à l'annulaire de la main gauche. Tenez, reprenez-le, elle a pratiquement voyagé toute seule. Ah, je crains bien que dans cette histoire on ne se soit servi de moi comme instrument de transport, rien de plus.

— Dans ce cas, qu'on me rende mon diamant, déclare Alain d'une voix neutre.

— Vous étiez là, vous ? dit maman. De quel droit, je vous prie, écoutez-vous nos chiffres ? Finies les politesses, mon bonhomme. Vous n'êtes bon qu'à vous marier, attendez que votre tour revienne. En silence, compris ?

— Alors, s'impatiente le nain barbichu, à combien je vous la facture ?

— Le triangle la pointe en bas, dit papa, ajoutez-le au total. Il n'a pas marqué le stop, nous avons des témoins.

Le petit monsieur fait une moue d'enfant gâté :

— Mais puisque je vous dis qu'elle me faisait des signes. C'est elle qui a voulu, na !

Le professeur principal se lève. Sa grande taille intimide tout le monde. Papa et maman rengraissent un peu, ils s'asseyent parce qu'ils croient à la justice et sont bien tranquilles.

— Vos blablas me fatiguent, dit le professeur avec vulgarité.

Tout le monde sursaute.

— Qu'on me traduise, qu'on me traduise ! implore le nain barbichu, la main en cornet à l'oreille.

— J'ai derrière moi une longue carrière et une longue connaissance du cœur humain, reprend le professeur principal. Bref, vous serez tous condamnés. Vous – il montre du doigt le petit monsieur – à voir votre propre fille disparaître, cela vous apprendra à faire voyager les enfants mineurs sans autorisation de leurs parents.

— Je n'ai pas de fille, votre honneur, s'excuse le petit monsieur.

— Aucune importance, dit le professeur. Ce sera donc votre femme. D'un cancer, c'est bien pour son âge.

Le petit monsieur se tord aussitôt de douleur sur le parquet poussiéreux :

— Ce sont les coliques du miserere, gémit-il, épargnez-moi, je vous en supplie.

Papa se met à ricaner, ses vêtements noirs redeviennent instantanément trop grands pour lui ; il dit :

— Ce n'est pas ce qui vous enrichira, allez !

Et moi je me réveille en sursaut.

J'attends que passe un hibou silencieux, grandes ailes écartées, en rase-vol des huit lits alignés du dortoir vert. Louisa tète ses doigts enfoncés dans sa bouche.

Caroline pousse un hoquet joyeux dans son rêve et puis elle rame deux ou trois fois avec son bras.

Je m'ennuie dans la nuit. Je m'assieds sur mon lit. Avec ma chemise de nuit blanche, je suis un bédouin qui guette l'aube. Si je ferme les yeux, je vois l'horizon large et plat qui monte à ma rencontre, il se renverse d'un seul coup et je tombe. Je traverse les atmosphères et les couches cèdent une à une, comme des membranes qui se déchirent ; tout au bout, il y a un étroit passage cerclé de rouge, il se resserre de plus en plus et je ne peux pas, je ne peux pas le franchir :

— Claire, Claire !

Et elle vient brûlante, oui, une brûlure, elle m'arrache par les épaules et je jaillis de ma peau glissante, je retombe sur mes pieds, les bras ouverts, comme les acrobates de cirque, prête à saluer.

— Ben, mon vieux ! dit Claire en battant des yeux pour imiter les poupées aux grands cils.

Elle recule, à chaque seconde davantage, et je la suis sur une ligne droite, indéfiniment raide où règne un vent qui vous déchire le souffle. Claire va trop vite, je ne peux pas la suivre, elle repousse ses cheveux derrière ses oreilles, ses yeux rient par-dessus son épaule :

— Dépêche-toi de grandir, que je te raconte.

Mais elle continue à s'éloigner, emmêlant sans jamais trébucher ses jambes en chaussettes roses.

— Claire, écoute : ils vont te faire un procès, ils sont tous en noir déjà...

Claire ne me prend pas au sérieux. Malheureusement, elle attend que je grandisse.

Elle s'enferme dans la petite maison-tombeau avec Frédéric. Elle le prend familièrement par le bras, elle lui dit :

— Mon cher, vous êtes d'accord j'espère, on ne vit bien qu'au-dessous du sol. Nous aurons des coussins partout, des fleurs blanches, et on aspirera le soleil par une paille à travers le toit.

« Si vous vous absentez, vous n'aurez qu'à me recouvrir légèrement de terre en laissant dépasser ma figure pour que je puisse sourire en attendant votre retour. Je mettrai même, si je suis gentille, mon autre sourire dans la poche de votre veste, dépassant un peu, mes dents glacées, presque bleues, mon nez paraissant encore plus petit, peut-être parce que mes joues et mon menton ont enflé. Je me suis cognée, voyez-vous, en me hâtant de vous rejoindre.

« Pendant que j'y pense, un dernier détail : notre rendez-vous dans l'Etoile polaire ne tient plus. Figurez-vous que le ciel est différent du côté du Pérou, il n'y a pas d'Etoile polaire là-bas, ma petite sœur a regardé dans l'atlas, alors je ne voudrais pas que vous vous perdiez bêtement dans des étoiles que nous ne connaissons pas. Je craindrais qu'elles ne creusent des trous béants, noirâtres, sous vos pas et qu'elles dérangent notre silence, s'emplissant peu à peu du bruissement de mort des eaux profondes. »

Et quelque chose se met à hurler dans le noir, ils ont posé le truc, le cercueil par terre. Charles s'est mis à claquer des dents, maman lui a tenu la mâchoire avec sa main et elle lui a caché la tête contre sa jupe. Les racines blanches ont crevé le tas de terre. Et ils l'ont fait basculer dans le trou au bout des cordes et on a tous jeté la terre.

On a tous jeté la terre, maman, je veux voir maman !

Je veux qu'on soit tout petits encore et que ce soit dimanche, en juillet, et qu'on ne se soit pas mis à table et que Claire vienne, tant pis si on ne grandit pas.

Sœur Dolly allume les lumières, elle arrive avec une drôle de capuche sur son petit crâne, toutes les filles sont debout autour de mon lit, je vois bien que Berthe a la trouille, elle a la bouche ouverte. Sœur Dolly me force à boire de l'eau amère :

— Du bromure pour vous calmer. Allons, mon petit chou, vous avez eu un vilain cauchemar, c'est fini maintenant.

Mais moi, je sais bien que cela ne sera jamais fini.

— Jamais, jamais,

et je lui prends sa main solide.

— Il faut m'empêcher de dormir, j'ai trop peur de dormir, je ne veux plus dormir.

Elle promet de me réveiller si je dors, elle va rester à côté de moi, les lumières s'éteignent et on part à la queue leu leu dans le sommeil, elle prie pour nous endormir, sœur Dolly, elle dit : « Le Seigneur est mon berger », elle veille sur nous, nous sommes des agneaux tout blancs, protégés.

Quand revient le matin, sœur Dolly me regarde, pendant que nous nous brossons les dents, toutes les huit debout devant nos huit lavabos, toutes nues sauf notre slip.

— Ma parole, souffle Caroline, tu n'en changes jamais.

Ce n'est pas ma faute si maman m'a acheté sept slips pareils.

— T'en fais du raffut la nuit, continue Caroline.

Elle voudrait bien que je lui parle comme avant. J'essaye, je lui dis :

— C'est ta tête qui me donne des cauchemars, Berthe.

Je ne sais pas quoi répondre d'autre. La grosse Chevrolet 40 CV roule et traverse la glace du lavabo en se recourbant, comme si sa carrosserie se reflétait dans une vitrine. Les montagnes carrées du Pérou défilent, tantôt visibles, tantôt cachées par des lunettes noires. J'espère qu'il y a des gratte-ciel qui n'en finissent plus de grimper dans les nuages, des rues tirées au cordeau avec des pinceaux jaunes. Des grands babouins, nonchalamment appuyés dans les embrasures des portes, suivent du regard des silhouettes vêtues d'un sweater jaune décolleté, d'un pantalon noir à larges jambes flottantes, soufflent au passage :

— Seule, vous vous promenez, vous regardez, vous venez ?

Personne ne répond. Claire est partie. Maman vacille dans le couloir de l'appartement de Paris, le couloir sombre qui s'allonge indéfiniment – et la forme de maman rétrécit, elle tangue et assure son équilibre des deux mains contre les murs. Elle dit, avec ce regard un peu fou de tristesse impuissante qu'elle a attrapé depuis la mort de Claire :

— Je cherche le petit bonheur.

C'est complètement idiot. Papa a une serviette nouée autour du cou, il prend un grand visage rouge, une voix rouge aussi pour demander :

— Qu'est-ce que c'est ?

Grand-mère a les épaules cassées sous ses colliers de

perles ; inlassablement, elle remonte leur poids, à deux mains, le même geste toujours recommencé ; elle dit :

— C'est ce qui me garde jeune. Ça et ma liste d'interdictions, que voulez-vous de plus ?

Elle est vieille à dormir debout. Valérie est couchée à plat ventre, glacée sur une planche photographique, son sourire écrasé entre les plaques de verre. Elle trouve qu'il n'y a plus rien à dire sur Claire.

La surface blanche des lavabos de la salle de douche éclate vertigineusement, plus rien ne me freine, je glisse vitesse pure, sans obstacle, sur la nouvelle route blanche, les secondes tombent autour de moi comme de la grêle mais je passe au travers. Par endroits, elles forment une couche de glace opaque comme une vitre et je bifurque, j'entre dans la chaleur, la chaleur humide qui trace des spirales pointues comme des vers, elles percent la terre, rejettent derrière elles les éclaboussures sales. Quand il y aura un tunnel, j'entrerai en nageant, la bouche ouverte pour aspirer l'air et la vie et la terre.

Je répète après Claire :

— Quel est le sens ? Je ne peux pas comprendre. Je ne comprends rien. Je ne sais plus ce que j'attends. Je ne sais plus où nous sommes.

Et puis sœur Dolly claque dans ses mains. Avant de prendre notre douche il faut nous aligner, séparées les unes des autres par une portée de bras pour les « appuis-tendus », les « extensions sur les pointes » et les « flexions de genoux », une, deux.

Très vite ensuite, c'est l'heure du chocolat et des petits pains au lait, on s'en fourre plein la bouche avec Caroline et on se force à avoir des fous rires pour avoir l'air de partager des secrets que les autres filles ne pourraient pas comprendre. Le mercredi, on a géométrie. Le vendredi, on prend un bain. Quand sœur Dolly a cinq minutes tranquilles, elle s'enferme dans la salle de musique, elle joue *Les Roses jaunes du Texas*. Toujours *Les Roses jaunes du Texas*.

Chaque matin, on s'assied bras croisés dans la classe verte, souvent le soleil tombe sur moi, Caroline m'assène par-derrière un coup de livre sur la tête.

En décembre, Caroline est venue me chercher en courant. Je lisais *Moby Dick* sur mon lit, au dortoir vert, pendant que la pluie tombait. Tout l'hiver, j'ai lu *Moby Dick*. Je commence à croire que la baleine blanche était noire, en vérité, et que le capitaine Achab est coupable autant qu'elle. Qu'est-ce que signifient ces manières de se chercher toujours, sur tous les océans ?

— Berthe, a dit Caroline, contenant à deux mains son souffle sous son tablier bleu marine, il y a un homme qui t'attend. Un vrai, je te jure, il est en train de faire des sourires à sœur Dolly, dépêche !

Je me suis levée du lit, et je me suis obligée à compter jusqu'à quinze avant de daigner faire un autre mouvement.

— Dépêche ! répétait Caroline.

Pleine d'impatience, elle a tiré elle-même sur mes chaussettes, elle a défait mon tablier et elle a ouvert le premier bouton de ma robe d'uniforme, elle a dit :

— Pour faire jeune fille. Et si c'était Frédéric ? Tu me raconteras, hein, Berthe ?

— Oui, Berthe.

Et seules mes lèvres bougeaient.

Dans le vestibule qui conduit au parloir, j'ai aperçu de dos un homme blond très grand, en costume de flanelle couleur de perle, comme celui de papa au temps où il était un vrai coquet, avec une canne à pommeau d'argent.

— Hep ! il s'est retourné en claquant les doigts, viens donc ! Tu es paralysée ?

J'ai reconnu Alain. Je me suis approchée pour l'embrasser poliment ; il m'a interrompue, m'écartant à bout de bras :

— Mais tu grandis tous les jours ! Et ces cheveux ! Tu les laisses pousser ?

— Comme Claire. Papa et maman ne sont pas là ?

— Je suis venu en délégation. Et je me suis permis de penser que tu en serais très heureuse !

Il y avait des rides souriantes sur son visage. Il m'a prise par les épaules, il a oublié de me laisser passer la première dans la porte et il m'a emmenée dans sa voiture parce qu'il y avait trop de monde au parloir. Nous nous sommes installés moi au volant, lui à la place du passager, enfermés derrière les vitres brouillées de pluie. Il a pris un paquet blanc, au bout d'un ruban, sur la banquette arrière :

— Devine ce que c'est !

— Des gâteaux.

Alain a eu un sourire. Et puis il a essayé d'autres sourires, faisant saillir ses muscles maxillaires quand l'un d'eux durait trop. Et puis il a croisé les bras et dit qu'il faisait un peu froid dans l'auto. Il a soupiré. Il a de nouveau croisé les bras. Il a suggéré que je mange les gâteaux, on parlerait après. Il a ouvert le carton, des éclairs au chocolat que je préfère et j'ai commencé à les mâcher en faisant du bruit exprès. D'abord il n'y avait pas d'autre bruit. Sauf la pluie et un peu de vent dans les peupliers.

Alain a fait remarquer que le vent soufflait plus fort.

Ce n'était pas vrai. Il a bâillé, il m'a donné une tape sur le genou :

— Tu n'es vraiment pas curieuse. Tu ne demandes pas ce que j'ai à te dire ?

J'avais la bouche pleine, j'ai fait à moitié « oui », à moitié « non » avec la tête.

Quand j'ai eu terminé les cinq éclairs au chocolat, j'ai mis mes mains sur le volant et j'ai fait semblant de conduire, écoutant le silence de la pluie, à part peut-être le minuscule grelottement des roues dentées à l'intérieur de la montre attachée au poignet d'Alain.

Alain a allumé une cigarette. Il a tiré plusieurs bouffées, il a respiré largement, il a dit :

— Voilà, j'espère que tu seras contente : je vais épouser Valérie.

J'ai baissé la vitre de mon côté, j'ai sorti toute ma figure à l'envers et j'ai senti les petites gouttes fraîches couler sur mes tempes, le long de mon nez, mes joues ; au passage, je les attrapais avec ma langue :

— J'aime bien la pluie.

Et je me suis mise à sourire. Elle tombait sur le monde entier, cette pluie fraîche, sur le Pérou, sur l'Alaska, sur l'Australie, étendue sur nous comme une draperie et les plis recouvraient doucement les jours et les nuits, tout ça qui préparait la dernière meurtrissure, celle qui vous fait les dents glacées, presque bleues et les paupières mal closes. Les yeux brillants, Alain considérait l'effet de sa surprise :

— Alors, qu'est-ce que tu en dis ?

Il a levé mon menton avec un doigt et puis il a chuchoté avec un petit rire :

— Tu sais, tu aurais été plus grande, c'est peut-être toi que j'aurais épousée !

Caroline me guettait à la porte, assise sur le canapé de peluche du vestibule ; les yeux plissés, elle faisait une grimace comme si la curiosité lui démangeait le bout du nez. Les filles passaient lentement, deux par deux, murmurant les nouvelles qu'elles avaient recueillies au parloir. Bientôt il serait l'heure de se laver les mains pour dîner. Dans la salle de musique, un piano faisait entendre *Les Roses jaunes du Texas* à travers les murs. Sœur Dolly joue toujours *Les Roses jaunes du Texas*.

Quand je suis entrée, Caroline a bondi vers moi, elle a fourré sa bouche dans mes cheveux :

— Alors, Berthe, raconte !

Je me suis dégagée d'un coup d'épaules.

— Rien d'intéressant, Berthe. Encore un type qui voulait m'épouser. C'est tout.

Dans la collection Les Cahiers Rouges

Alexis (Paul), **Céard** (Henry), **Hennique** (Léon), **Huysmans** (JK), **Maupassant** (Guy de), **Zola** (Émile)	*Les Soirées de Médan*
Andreas-Salomé (Lou)	*Friedrich Nietzsche à travers ses œuvres*
Arbaud (Joseph d')	*La Bête du Vaccarès*
Audiberti (Jacques)	*Les Enfants naturels* ■ *L'Opéra du monde*
Audoux (Marguerite)	*L'Atelier de Marie-Claire* ■ *Marie-Claire* ■ *Marie-Claire suivi de l'Atelier de Marie-Claire*
Augiéras (François)	*L'Apprenti sorcier* ■ *Domme ou l'essai d'occupation* ■ *Un voyage au mont Athos* ■ *Le Voyage des morts*
Aymé (Marcel)	*Clérambard* ■ *Vogue la galère*
Barbey d'Aurevilly (Jules)	*Les Quarante médaillons de l'Académie*
Baudelaire (Charles)	*Lettres inédites aux siens*
Beck (Béatrix)	*La Décharge* ■ *Josée dite Nancy*
Becker (Jurek)	*Jakob le menteur*
Begley (Louis)	*Une éducation polonaise*
Benda (Julien)	*Tradition de l'existentialisme* ■ *La Trahison des clercs*
Berger (Yves)	*Le Sud*
Berl (Emmanuel)	*La France irréelle* ■ *Méditation sur un amour défunt* ■ *Rachel et autres grâces*
Berl (Emmanuel), **Ormesson** (Jean d')	*Tant que vous penserez à moi*
Bernard (Tristan)	*Mots croisés*
Bibesco (Princesse)	*Catherine-Paris* ■ *Le Confesseur et les poètes*
Bierce (Ambrose)	*Histoires impossibles* ■ *Morts violentes*
Bodard (Lucien)	*La Vallée des roses*
Bosquet (Alain)	*Une mère russe*
Brenner (Jacques)	*Les Petites filles de Courbelles*
Breton (André), **Deharme** (Lise), **Gracq** (Julien), **Tardieu** (Jean)	*Farouche à quatre feuilles*
Brincourt (André)	*La Parole dérobée*
Bukowski (Charles)	*Au sud de nulle part* ■ *Factotum* ■ *L'amour est un chien de l'enfer (t1)* ■ *L'amour est un chien de l'enfer (t2)* ■ *Le Postier* ■ *Souvenirs d'un pas grand-chose* ■ *Women*
Burgess (Anthony)	*Pianistes*
Butor (Michel)	*Le Génie du lieu*
Caldwell (Erskine)	*Une lampe, le soir...*
Calet (Henri)	*Contre l'oubli* ■ *Le Croquant indiscret*

Capote (Truman) *Prières exaucées*
Carossa (Hans) *Journal de guerre*
Cendrars (Blaise) *Hollywood, la mecque du cinéma* ■ *Moravagine* ■ *Rhum, l'aventure de Jean Galmot* ■ *La Vie dangereuse*
Cézanne (Paul) *Correspondance*
Chamson (André) *L'Auberge de l'abîme* ■ *Le Crime des justes*
Chardonne (Jacques) *Ce que je voulais vous dire aujourd'hui* ■ *Claire* ■ *Lettres à Roger Nimier* ■ *Propos comme ça* ■ *Les Varais* ■ *Vivre à Madère*
Charles-Roux (Edmonde) *Stèle pour un bâtard*
Châteaubriant (Alphonse de) *La Brière*
Chatwin (Bruce) *En Patagonie* ■ *Les Jumeaux de Black Hill* ■ *Utz* ■ *Le Vice-roi de Ouidah*
Chessex (Jacques) *L'Ogre*
Claus (Hugo) *La Chasse aux canards*
Clermont (Emile) *Amour promis*
Cocteau (Jean) *La Corrida du 1er mai* ■ *Les Enfants terribles* ■ *Essai de critique indirecte* ■ *Journal d'un inconnu* ■ *Lettre aux Américains* ■ *La Machine infernale* ■ *Portraits-souvenir* ■ *Reines de la France*
Combescot (Pierre) *Les Filles du Calvaire*
Consolo (Vincenzo) *Le Sourire du marin inconnu*
Cowper Powys (John) *Camp retranché*
Curtis (Jean-Louis) *La Chine m'inquiète*
Dali (Salvador) *Les Cocus du vieil art moderne*
Daudet (Léon) *Les Morticoles* ■ *Souvenirs littéraires*
Degas (Edgar) *Lettres*
Delteil (Joseph) *Choléra* ■ *La Deltheillerie* ■ *Jeanne d'Arc* ■ *Jésus II* ■ *Lafayette* ■ *Sur le fleuve Amour*
Dhôtel (André) *Le Ciel du faubourg* ■ *L'Île aux oiseaux de fer*
Dickens (Charles) *De grandes espérances*
Donnay (Maurice) *Autour du chat noir*
Dumas (Alexandre) *Catherine Blum* ■ *Jacquot sans Oreilles*
Eco (Umberto) *La Guerre du faux*
Ellison (Ralph) *Homme invisible, pour qui chantes-tu ?*
Fallaci (Oriana) *Un homme*
Fernandez (Dominique) *Porporino ou les mystères de Naples*
Fernandez (Ramon) *Molière ou l'essence du génie comique*
Ferreira de Castro (A.) *Forêt vierge* ■ *La Mission* ■ *Terre froide*
Fitzgerald (Francis Scott) *Gatsby le Magnifique*
Fouchet (Max-Pol) *La Rencontre de Santa Cruz*
Fourest (Georges) *Le Géranium ovipare* ■ *La Négresse blonde*
Freustié (Jean) *Le Droit d'aînesse* ■ *Proche est la mer*
Gadda (Carlo Emilio) *Le Château d'Udine*
Galey (Matthieu) *Les Vitamines du vinaigre*
Gallois (Claire) *Une fille cousue de fil blanc*

García Márquez (Gabriel) *L'Automne du patriarche* ■ *Chronique d'une mort annoncée* ■ *Des feuilles dans la bourrasque* ■ *Des yeux de chien bleu* ■ *Les Funérailles de la Grande Mémé* ■ *L'Incroyable et triste histoire de la candide Erendira et de sa grand-mère diabolique* ■ *La Mala Hora* ■ *Pas de lettre pour le colonel* ■ *Récit d'un naufragé*

Garnett (David) *La Femme changée en renard*

Gauguin (Paul) *Lettres à sa femme et à ses amis*

Genevoix (Maurice) *La Boîte à pêche* ■ *Raboliot*

Ginzburg (Natalia) *Les Mots de la tribu*

Giono (Jean) *Colline* ■ *Jean le Bleu* ■ *Mort d'un personnage* ■ *Naissance de l'Odyssée* ■ *Que ma joie demeure* ■ *Regain* ■ *Le Serpent d'étoiles* ■ *Un de Baumugnes* ■ *Les Vraies richesses*

Giraudoux (Jean) *Adorable Clio* ■ *Bella* ■ *Eglantine* ■ *Lectures pour une ombre* ■ *La Menteuse* ■ *Siegfried et le Limousin* ■ *Supplément au voyage de Cook*

Glaeser (Ernst) *Le Dernier civil*

Goyen (William) *Savannah*

Guéhenno (Jean) *Changer la vie*

Guilbert (Yvette) *La Chanson de ma vie*

Guilloux (Louis) *Angélina* ■ *Dossier confidentiel* ■ *Hyménée* ■ *La Maison du peuple*

Gurgand (Jean-Noël) *Israéliennes*

Haedens (Kléber) *Adios* ■ *L'Été finit sous les tilleuls* ■ *Magnolia-Jules/L'école des parents* ■ *Une histoire de la littérature française*

Halévy (Daniel) *Pays parisiens*

Hamsun (Knut) *Au pays des contes* ■ *Vagabonds*

Heller (Joseph) *Catch 22*

Hémon (Louis) *Battling Malone, pugiliste* ■ *Monsieur Ripois et la Némésis*

Herbart (Pierre) *Histoires confidentielles*

Hesse (Hermann) *Siddhartha*

Istrati (Panaït) *Les Chardons du Baragan*

James (Henry) *Les Journaux*

Jardin (Pascal) *Guerre après guerre suivi de La guerre à neuf ans*

Jarry (Alfred) *Les Minutes de Sable mémorial*

Jouhandeau (Marcel) *Les Argonautes* ■ *Elise architecte*

Jünger (Ernst) *Rivarol et autres essais*

Kafka (Franz) *Journal* ■ *Tentation au village*

Kipling (Rudyard) *Souvenirs de France*

Klee (Paul) *Journal*

La Varende (Jean de) *Le Centaure de Dieu*

La Ville de Mirmont (Jean de) *L'Horizon chimérique*

Lanoux (Armand) *Maupassant, le Bel-Ami*

Laurent (Jacques) *Croire à Noël* ■ *Le Petit Canard*

Le Golif (Louis-Adhémar-Timothée)	*Cahiers de Louis-Adhémar-Timothée Le Golif, dit Borgnefesse, capitaine de la flibuste*
Léautaud (Paul)	*Bestiaire*
Lenotre (G.)	*Napoléon – Croquis de l'épopée* ■ *La Révolution par ceux qui l'ont vue* ■ *Sous le bonnet rouge* ■ *Versailles au temps des rois*
Levi (Primo)	*La Trêve*
Lilar (Suzanne)	*Le Couple*
Lowry (Malcolm)	*Sous le volcan*
Mac Orlan (Pierre)	*Marguerite de la nuit*
Maeterlinck (Maurice)	*Le Trésor des humbles*
Maïakowski (Vladimir)	*Théâtre*
Mailer (Norman)	*Les Armées de la nuit* ■ *Pourquoi sommes-nous au Vietnam ?* ■ *Un rêve américain*
Maillet (Antonine)	*Les Cordes-de-Bois* ■ *Pélagie-la-Charrette*
Malaparte (Curzio)	*Technique du coup d'État*
Malerba (Luigi)	*Saut de la mort* ■ *Le Serpent cannibale*
Mallea (Eduardo)	*La Barque de glace*
Malraux (André)	*La Tentation de l'Occident*
Malraux (Clara)	*...Et pourtant j'étais libre* ■ *Nos vingt ans*
Mann (Heinrich)	*Professeur Unrat (l'Ange bleu)* ■ *Le Sujet!*
Mann (Klaus)	*La Danse pieuse* ■ *Mephisto* ■ *Symphonie pathétique* ■ *Le Volcan*
Mann (Thomas)	*Altesse royale* ■ *Les Maîtres* ■ *Mario et le magicien* ■ *Sang réservé*
Mauriac (Claude)	*André Breton*
Mauriac (François)	*Les Anges noirs* ■ *Les Chemins de la mer* ■ *Le Mystère Frontenac* ■ *La Pharisienne* ■ *La Robe prétexte* ■ *Thérèse Desqueyroux*
Mauriac (Jean)	*Mort du général de Gaulle*
Maurois (André)	*Ariel ou la vie de Shelley* ■ *Le Cercle de famille* ■ *Choses nues* ■ *Don Juan ou la vie de Byron* ■ *René ou la vie de Chateaubriand* ■ *Les Silences du colonel Bramble* ■ *Tourguéniev* ■ *Voltaire*
Mistral (Frédéric)	*Mireille/Mirèio*
Monnier (Thyde)	*La Rue courte*
Morand (Paul)	*Air indien* ■ *Bouddha vivant* ■ *Champions du monde* ■ *L'Europe galante* ■ *Lewis et Irène* ■ *Magie noire* ■ *Rien que la terre* ■ *Rococo*
Muller (Charles), **Reboux** (Paul)	*A la manière de...*
Mutis (Alvaro)	*La Dernière escale du tramp steamer* ■ *Ilona vient avec la pluie* ■ *La Neige de l'Amiral*
Nabokov (Vladimir)	*Chambre obscure*
Némirovsky (Irène)	*L'Affaire Courilof* ■ *Le Bal* ■ *David Golder* ■ *Les Mouches d'automne*
Nerval (Gérard de)	*Poèmes d'Outre-Rhin*
Nizan (Paul)	*Antoine Bloyé*
Nourissier (François)	*Un petit bourgeois*

Obaldia (René de)	*Le Centenaire* ■ *Innocentines*
Peisson (Edouard)	*Hans le marin* ■ *Le Pilote* ■ *Le Sel de la mer*
Penna (Sandro)	*Poésies* ■ *Un peu de fièvre*
Peyré (Joseph)	*L'Escadron blanc* ■ *Matterhorn* ■ *Sang et Lumières*
Philippe (Charles-Louis)	*Bubu de Montparnasse*
Pieyre de Mandiargues (André)	*Le Belvédère* ■ *Deuxième Belvédère* ■ *Feu de Braise*
Ponchon (Raoul)	*La Muse au cabaret*
Poulaille (Henry)	*Pain de soldat* ■ *Le Pain quotidien*
Privat (Bernard)	*Au pied du mur*
Proulx (Annie)	*Cartes postales* ■ *Nœuds et dénouement*
Radiguet (Raymond)	*Le Diable au corps suivi de Le bal du comte d'Orgel*
Ramuz (Charles-Ferdinand)	*Aline* ■ *Derborence* ■ *Le Garçon savoyard* ■ *La Grande peur dans la montagne* ■ *Jean-Luc persécuté* ■ *Joie dans le ciel*
Revel (Jean-François)	*Sur Proust*
Richaud (André de)	*L'Amour fraternel* ■ *La Barette rouge* ■ *La Douleur* ■ *L'Etrange Visiteur* ■ *La Fontaine des lunatiques*
Rilke (Rainer-Maria)	*Lettres à un jeune poète*
Rivoyre (Christine de)	*Boy* ■ *Le Petit matin*
Robert (Marthe)	*L'Ancien et le Nouveau*
Rochefort (Christiane)	*Archaos* ■ *Printemps au parking* ■ *Le Repos du guerrier*
Rodin (Auguste)	*L'Art*
Rondeau (Daniel)	*L'Enthousiasme*
Roth (Henry)	*L'Or de la terre promise*
Rouart (Jean-Marie)	*Ils ont choisi la nuit*
Rutherford (Mark)	*L'Autobiographie de Mark Rutherford*
Sachs (Maurice)	*Au temps du Bœuf sur le toit*
Sackville-West (Vita)	*Au temps du roi Edouard*
Sainte-Beuve	*Mes chers amis…*
Sainte-Soline (Claire)	*Le Dimanche des Rameaux*
Schneider (Peter)	*Le Sauteur de mur*
Sciascia (Leonardo)	*L'Affaire Moro* ■ *Du côté des infidèles* ■ *Pirandello et la Sicile*
Semprun (Jorge)	*Quel beau dimanche*
Serge (Victor)	*Les Derniers temps* ■ *S'il est minuit dans le siècle*
Sieburg (Friedrich)	*Dieu est-il Français ?*
Silone (Ignazio)	*Fontarama* ■ *Le Secret de Luc* ■ *Une poignée de mûres*
Soljenitsyne (Alexandre)	*L'Erreur de l'Occident*
Soriano (Osvaldo)	*Jamais plus de peine ni d'oubli* ■ *Je ne vous dis pas adieu...* ■ *Quartiers d'hiver*
Soupault (Philippe)	*Poèmes et poésies*
Stéphane (Roger)	*Chaque homme est lié au monde* ■ *Portrait de l'aventurier*
Suarès (André)	*Vues sur l'Europe*
Teilhard de Chardin (Pierre)	*Ecrits du temps de la guerre (1916-1919)* ■ *Genèse d'une pensée* ■ *Lettres de voyage*

Theroux (Paul) *La Chine à petite vapeur* ■ *Patagonie Express* ■ *Railway Bazaar* ■ *Voyage excentrique et ferroviaire autour du Royaume-Uni*

Vailland (Roger) *Bon pied bon œil* ■ *Les Mauvais coups* ■ *Le Regard froid* ■ *Un jeune homme seul*

Van Gogh (Vincent) *Lettres à son frère Théo* ■ *Lettres à Van Rappard*

Vasari (Giorgio) *Vies des artistes*

Vercors *Sylva*

Verlaine (Paul) *Choix de poésies*

Vitoux (Frédéric) *Bébert, le chat de Louis-Ferdinand Céline*

Vollard (Ambroise) *En écoutant Cézanne, Degas, Renoir*

Vonnegut (Kurt) *Galápagos*

Wassermann (Jakob) *Gaspard Hauser*

Webb (Mary) *Sarn*

White (Kenneth) *Lettres de Gourgounel* ■ *Terre de diamant*

Wolfromm (Jean-Didier) *Diane Lanster* ■ *La Leçon inaugurale*

Zola (Émile) *Germinal*

Zweig (Stefan) *Brûlant secret* ■ *Le Chandelier enterré* ■ *Erasme* ■ *Fouché* ■ *Marie Stuart* ■ *Marie-Antoinette* ■ *La Peur* ■ *La Pitié dangereuse* ■ *Souvenirs et rencontres* ■ *Un caprice de Bonaparte*

Cet ouvrage a été imprimé par

CPI
Firmin Didot

Mesnil-sur-l'Estrée

pour le compte des Éditions Grasset
en septembre 2008

Imprimé en France

Dépôt légal : septembre 2008
N° d'édition : 15471 – N° d'impression : 91885
ISBN : 978-2-246-74591-4
ISNN : 0756-7170